गोह

गोह

महाश्वेता देवी

अनुवाद

सुशील गुप्ता

वाणी प्रकाशन

वाणी प्रकाशन

4695, 21-ए, दरियागंज, नयी दिल्ली 110 002

फ़ोन : +91 11 23273167 फ़ैक्स : +91 11 23275710

शाखाएँ

अशोक राजपथ, पटना 800 004, बिहार

कॉफ़ी हाउस कैम्पस, महात्मा गांधी मार्ग, इलाहाबाद 211 001, उत्तर प्रदेश

महात्मा गांधी अन्तरराष्ट्रीय हिन्दी विश्वविद्यालय, वर्धा 442 001, महाराष्ट्र

www.vaniprakashan.com
marketing@vaniprakashan.in
sales@vaniprakashan.in

Goh
by Mahashweta Devi
Translated by Sushil Gupta

ISBN : 978-93-5229-207-3
Novel

पेपरबैक प्रथम संस्करण 2010
पेपरबैक द्वितीय संस्करण 2022

मूल्य : ₹ 195

सिटी प्रेस, दिल्ली-110 095 में मुद्रित

वाणी प्रकाशन का लोगो मक़बूल फ़िदा हुसेन की कूची से

1

'यह जन्मदिन की याद कभी भी भुलाई नहीं जा सकती।

नहीं, गोह का दसवां जन्मदिन चिर-यादगार बना रहेगा, क्योंकि उस दिन गोह को एक दोस्त मिल गया था। उसका यह पहला दोस्त, उसे अचानक ही नसीब हो गया था।

उस वक़्त, उसकी उम्र कुल दस साल थी। उस स्कूल में वह पांचवीं क्लास में दाख़िल हुआ था। पढ़ाई-लिखाई में जिस हद तक तेज़ होने पर, उसे यह मौका मिलता, वह उतना ही तेज़ छात्र था। अपने लिए वह हमेशा-लायक बच्चा! सोना-बच्चा!—जैसे सम्बोधन और तारीफ़ सुनता आया था। गोह के मइया-बापू को भी उसके बारे में कोई चिन्ता-फ़िक्र नहीं थी। सच ही, तुहिन और रंजा अपने बेटे की तरफ़ से बिल्कुल बेफ़िक्र थे!

गोह को अपने बिल्कुल छुटपन की बातें याद नहीं थी।

लेकिन उसकी मौसी, वरुणा उसकी मां से कहा करती थी, 'तेरा कैसा सोना बच्चा है! बचपन से ही इतना-इतना स्वावलम्बी! मैं तो सोच भी नहीं सकती कि बाबुन अपनी छःसाला उम्र में, अपने जूते उतारकर शेल्फ में रख आता हो; मोजे उतारकर, गंदे कपड़ों को धुलाई के गमले में रख आया हो। अपने हाथ अच्छी तरह पानी से धोकर, खाना खाने बैठता है। ऐसा कैसे हुआ?'

गोह का बप्पा कहा करता था, 'तुम्हारी दीदी का काम ही है, इन्सान को रोबोट बनाना। देखते नहीं, मैं कैसा आज्ञाकारी रोबोट बन गया हूं।'

'आज्ञाकारी रॉबट! वाह, क्या कमाल की बात कही तुमने, तुहिन'दा!'

'हां, भई, और क्या? एइ, यह पसीने में भीगी क़मीज तुमने बदली नहीं? एइ, बाज़ार का थैला, तुमने धोया नहीं? एइ, गोह की रिपोर्ट लेकर तुम डॉक्टर के पास नहीं गए?—हर वक़्त, यह सब भला लगता है?'

'आप जिस लहजे में बता रहे हैं, लगता तो है, आपको यह सब बेहद भला लगता है।'

गोह की मइयो कहती थी, 'ठीक है! ठीक है! मेरे साथ बियाह हुआ था न, इसीलिए बेटा आठ साल का होते न होते, एक अदद एम.आइ.जी. फ्लैट खरीद सके...'

'हां, यह तो सच है! इस जन्म में मैंने तो सोचा भी नहीं था कि कलकत्ता जैसे शहर में, हमारा एक फ्लैट होएगा।'

'अच्छा, तुहिन'दा, दिदिया क्या जादू जानती है?'

'तुम लोग ही उसे मुझसे बेहतर जानती होगी, वरुणा। मैंने उसे भला कितने साल देखा है!'

'हां, उसे अट्ठाइस साल की उम्र तक तो देखा ही था...'

'सिर्फ़ अट्ठाइस साल? मैंने तो पचास साल तक देखा—'

ऐसे में रंजा बेतरह भड़क जाती थीं, 'अच्छा? इत्तने ही सालों में मैं इतनी पुरानी पड़ गई? तुम तो कमाल के मरद हो।''

'अरे, नहीं, नहीं! यह तो...यह तो गहरे प्यार का इज़हार है।'

'छोड़ो! छोड़ो! ठीक है! तू भी तो कुछ कम नहीं है, वरुणा! हरवक़्त तुहिन'दा...तुहिन'दा...की रट लगाए रहती है।'

'अरे, दिदिया, कहीं तुझे जलन तो नहीं हो रही है?'

अपना गुस्सा कम करने के लिए रंजा कुछ देर को खामोश हो जाती।

थोड़ा ठहरकर वह जवाब देती थी, 'जब तुझे लौटने में देर हो जाती है, तो जो जो गुस्सा नहीं होता?'

'ऐसा कर्मव्यस्त जीव...! बीवी पर गुस्सा होने जितनी फुर्सत भला है उसके पास?'

वरुणा के चेहरे पर जाने कैसी तो छाया तैर जाती थी।

'यह कैसी बात हुई?'

'वह मैं भी नहीं समझती, तू भी नहीं समझेगी। आज दफ़्तर से लौटने में देर होगी...मीटिंग है...अचानक फोन घनघना उठेगा.. .तुम और बाबन खाना खा लेना...बम्बई से देसाई आ रहे हैं, मुझे उनको लेने दमदम जाना है...!'

इन सब बातचीत के बीच, गोह बोल पड़ता था, दमदम में प्लेन आता है, मैंने देखा है...

सिर्फ़ उसी पल उन्हें अहसास होता था कि गोह भी एक किनारे बैठा-बैठा, उन लोगों की बातें सुन रहा है।

वरुणा पूछती थी, मछली अच्छी लगी न, गोह?'

'हां, कांटा नहीं था—'

उसके बाद, गोह मानो याद करते हुए बुदबुदा उठता—मछली खाने से आंख की रोशनी तेज़ होती है।

'लेकिन बाबन मछली नहीं खाता।'

'बाबन चिकिन खाता है।'

गोह काफ़ी दिनों तक 'चिकिन', 'मिशीन', 'किचिन' कहा करता था। जब वह छोटा था।

2

ऐसा भी नहीं था कि गोह के बप्पा-भइयो, उसका जन्म दिन हर बार काफ़ी धूमधाम से मनाते हों। उन तीनों प्राणियों के सुखी परिवार में उसके मियानो काका, कब से आने लगे, यह तो अब उसे भी याद नहीं था।

पियानो काका, बाद में पियानो हो गए, जैसे मौसा एकदम से जोजो हो गए। रंजा ने भी महसूस किया कि धीरे-धीरे इन सबमें संशोधन करना वाकई ज़रूरी है।

लेकिन रंजा और तुहिन के दोस्त, अभि ने कहा, 'मैंने एक खिलौना-पियानो दिया था, इसीलिए उसने पियानो कहना सीखा। उसके मौसा को तुम लोग 'जोजो' बुलाते हो, इसलिए वह भी 'जोजो' बुलाने लगा।'

'भई, कभी न कभी तो वह सीखेगा ही...' रंजा जवाब देती थी!

अभि ने भी कहा, 'सुबह से लेकर शाम तक, उठाकर सारा वक़्त बड़े-बुज़ुर्गों के साथ गुज़रता है। सुबह वह पढ़ाई करता है, उसके बाद स्कूल! स्कूल के बाद, घंटे भर के अन्दर खाना-पीना, कपड़े बदलना और थोड़ा-बहुत खेल-कूद निपटाना! उसके बाद चौधुरी आंटी के यहां पढ़ने जाता है। लौटकर अपनी किताब-कॉपियों का बस्ता ठीक-ठाक करता है, कपड़े बदलता है और हाथ-मुंह धोकर, खाना खाने के बाद, सोने चला जाता है। सोते वक़्त वह भालू, कुत्ता, तरह-तरह के गुड्डे-गुड्डियां साथ लेकर सोता है!'

गोह कहता था, 'ये भालू नहीं है, कोपाला और पंडा हैं।'

'यही तो है, गोह परिवार का जीवन! हम लोग तो अक्सर इस बारे में बात करते हैं कि हमारे मां-बाप ने हमें इतना वक़्त या संग नहीं दिया, लेकिन हम ऐसा नहीं करेंगे। इसके बावजूद हम अपने बच्चों को वक़्त नहीं दे पाते, वजह चाहे जो भी हो। ज़्यादातर बड़ों के साथ ही गुज़रता है। सो, बड़े लोग, जिसको जैसे बुलाते हैं, बच्चे भी उसी सम्बोधन से बुलाते हैं।'

रंजा ने भी कहा, 'अपने मां-बाप से हमारा ज़्यादा मेल नहीं है, अभि! हमसे जो हो सकता है, हम करते हैं।'

'वैसे हमारे साथ ऐसा कोई झमेला नहीं है। आहना के दो-दो भाई, हमारी अगल-बगल के फ्लैट में रहते हैं। एक भाई को एक बच्चा है और दूसरे को दो बच्चे हैं। वे लोग तिति को आकर ले जाते हैं, उनके बच्चे भी हमारे यहां आते रहते हैं। सारे बच्चे एक ही स्कूल में पढ़ते हैं, इसलिए तिति उन बच्चों के साथ काफ़ी हिली-मिली है।'

तुहिन ने कहा, 'रंजा का किसान तो तुम जानते ही हो। इतने दिनों से नौकरी कर रही है। उसके बापू को तो पक्का विश्वास हो गया था कि अब वह विवाह नहीं करेगी। वरुणा ने ब्याह कर लिया, उनके भाई, अबीर को भी नौकरी मिल गई। उसके बाद, रंजा भी विवाह करके, यहां चली आई। यह बात उसके बापू को पसन्द नहीं आई।

'हां, बंगाली मध्यवित्त समाज में, सामाजिक ढांचा काफ़ी बदल रहा है। जाने किसने तो कहा था, ऋतृविक की 'मेधे ढाका तारा' फिल्म में नौकरिया बेटी, नौकरी छोड़कर ब्याह कर ले, इसमें उसकी मां को एतराज़ था। यह बात भारतीय माताओं के चरित्र से मेल नहीं खाती। यानी हर हाल में विवाह ही परम गति है। लेकिन जिस लड़की ने बीस-बाइस साल की उम्र तक विवाह नहीं किया, वह अट्ठाइस की उम्र में ब्याह करे, उसके बापू की नज़र में यह

सही फ़ैसला नहीं था।'

जब वे लोग ये जब बातचीत करते थे, गोह वहां सामने ही होता था। गोह को बेतरह क़ोफ्त होती थी। वह अक्सर वहां से उठ जाता था। ये बड़े-बुजुर्ग ऐसी अबूझ बातें क्यों करते हैं?

अपनी दसवीं सालगिरह से पहले ही गोह को पता चल गया था कि उसके मइयो-बप्पा की तरह ही, अभि भी उनके परिवार का ही एक सदस्य है। दफ़्तर के बाद वह और उसके बप्पा, साथ-साथ घर लौटते थे। अभि काफ़ी सारा वक़्त गुज़ारकर, अपने घर जाता था।

एक दिन बप्पा ने उससे कहा, 'तुझे घर लौटने की कोई जल्दी नहीं होती! खासा ऐश में है तू!'

'तुम ही कौन-सा पहाड़ तोड़ते हो?' भइयो ने पूछा।

वैसे मइयो यह प्रसंग-ज़्यादा बढ़ाना नहीं चाहती थी।

उसने कहा, 'गोह आज स्कूल से कैसे लौटा, मालूम है? नहीं, नहीं, हंसो मत। उसने हाथी की जो तस्वीर बनाई, वह बिल्कुल अलग तरह की थी। उस हाथी के आठ पैर थे। गोह, सुनीया आंटी ने क्या कहा?'

गोह की निगाह काफ़ी गम्भीर और गहरी है! उसके बारे में किसी तरह का हंसी-मज़ाक नहीं चल सकता।

'आंटी ने पूछा—हाथी के भला आठ पांव होते हैं? मैंने जवाब दिया—मेरा हाथी इतना बड़ा है कि चार पांवों पर चलने में उसे काफ़ी तकलीफ़ होती है।'

बड़े लोग हंस पड़े, मगर गोह नहीं हंसा। वह हैरान-परेशान निगाहों से उन लोगों की तरफ़ देखता रहा।

अभि ने फौरन बरज दिया, 'ख़बरदार, हंसो मत! मैं हंस दिया, इसके लिए सॉरी, गोह! हमलोगों को इतनी समझ कहां है? आदिम युग की पूरी जानकारी हमें नहीं है। कौन जाने, पुराने जमाने के पहले हाथी के कितने पांव होते थे?

गोह ने दुबारा धीमे-धीमे लहजे में जवाब दिया, 'मेरा हाथी इतना बड़ा था कि चार पांवों पर चल ही नहीं सकता था।'

भइयो ने उसे तसल्ली दी, 'ठीक है, तुम मेरे लिए भी वैसा ही एक हाथी आंक देना–'

गोह ने धीमे से सिर हिलाकर कहा, 'तुम लोग हंस रहे हो। मुझे नहीं आंकना–'

वह कमरे से बाहर निकल गया।

अभि ने कहा, 'यह हंसने की बात नहीं है, पता है? तुम लोगों का बेटा बिल्कुल अलग तरह का है! बिल्कुल अन्तर्मुखी! सेंसिटिव! इसके अलावा काफ़ी परिपक्व भी है! ऐसे बच्चों को काफ़ी सूझ-बूझ के साथ हैंडल करना चाहिए।'

'हां, कोशिश तो करते हैं।'

'बस, तुम उस पर डांट-डपट मत किया करो।'

रंजा ने उपेक्षा के लहजे में, गुस्सेभरी आवाज़ में कहा, 'तुम्हारा क्या ख़्याल है, अभि? उसके पैदा होने से पहले, कितनी-कितनी काउंसलिंग कराई है, मालूम है?'

'मालूम है। पिछली बार तुहिन नहीं जा पाया था, उसके बजाय आहना ही तो ले गई थी।'

'आहना क्या, मिसेज़ दत्त के पास ही जाती थी?'

'आहना की मां बहुत बड़ी काउंसिलर थी। उनका तथ्य-ज्ञान भी काफ़ी वृहद है! आहना काफ़ी लम्बे अर्से तक अपनी मां के पास ही रही है।'

रंजा ने उसांस भरकर कहा, 'वह बेहद तकदीर वाली है। हमारे ज़माने में 'पिता का घर', 'मायके' जैसे शब्दों का कोई मतलब नहीं था। अब हर दशक के साथ, यह बढ़ता ही जा रहा है। हम दोनों ही अक्खड़ निकले! हम दोनों को ही ऐसी कोई सुविधा नसीब नहीं हुई। मेरे बापू को तो मेरा ब्याह करना ही नहीं सुहाया।'

'ख़ैर, तुहिन के मां-बाप की बात मैं जानता हूं।'

'होने को तो, मेरी बहन, वरुणा हमारे साथ है, लेकिन वह मेरी छोटी बहन है, इसलिए हमारी स्थितियों में काफ़ी फ़र्क है...' रंजा ने मानो स्वगत कहा, 'जो भी हो सका, हमने खुद किया।'

किन्हीं ख़्यालों में डूबे-डूबे तुहिन ने कहा, 'ज़ाहिर है, गोह काफ़ी कल्पनाशील बच्चा है। लेकिन यह महारत, उसने हमसे नहीं हासिल की।'

इसके बाद, उन दोनों के पढ़ने के लिए, अंग्रेज़ी का एक निबन्ध छोड़ गया। वह निबन्ध बैंगलोर की किसी महिला ने लिखा था। वे मनोवैज्ञानिक थीं।

रंजा बिदक गई, 'अभि भी हद करता है! गोह के बारे में इतनी फ़िक्र क्यों करता है?'

'अरे, पढ़कर देखेगा नहीं?'

'मुझे भी सैकड़ों विषय पढ़ाने की, तुमने भी कम कोशिश नहीं की। मुझे इतना सब पढ़ने की ज़रूरत नहीं पड़ती, समझे? ज़रा-सा पढ़कर ही, मैं स-ब समझ लेती हूं।'

'ठीक है! मैं ही पढ़ लेता हूं।'

तुहिन ने काफ़ी ध्यान से वह निबन्ध पढ़ डाला–

'जब तुम्हारे शिशु को छोटे बच्चों का साथ नहीं मिलता, वे लोग दोस्त की तलाश करते हैं...'

'जब कोई शिशु किसी ऐसे काल्पनिक साथी का ज़िक्र करे, जो कहीं भी नहीं है, तो समझना चाहिए कि उसके निःसंग मन ने अपनी कल्पना में एक साथी तैयार कर लिया है...'

'जब कोई शिशु...' इन शब्दों की जगह, तुहिन मन ही मन गोह का नाम बिठाता गया।

गोह भी काफ़ी निःसंग है!

स्कूल में तो ख़ैर उसके संगी-साथी मौजूद हैं, मगर घर में

उनका साथ, उसे नहीं मिलता था।

गोह इकलौती सन्तान थी! अभि की बेटी, तिति भी, इकलौती थी। लेकिन तिति के ममेरे भाई-बहन तो थे। तुहिन किसी दफ़्तर में नौकरी करता था। रंजा कोई कोऑपरेटिव चलाती थी, जो अब अच्छी-ख़ासी चल पड़ी थी। यह बताना भी ज़रूरी है कि रंजा नौकरी छोड़कर, कोऑपरेटिव में चली आई थी। वे लोग रेशमी कपड़ों पर तरह-तरह के नक्शे प्रिंट करते थे, जिसका बाज़ार बंगाल प्रान्त के बाहर था।

अभि ही रंजा को इस काम में खींच ले गया था। तुहिन, अभि का बेहद अहसानमंद था! लेकिन रंजा विवाह से पहले ही अपने विवाहित जीवन के आगामी चालीस सालों का नक्शा तैयार कर चुकी थी। यह एम आई जी फ्लैट भी उसके नक्शे में शामिल था। साढ़े अट्ठाईस वर्गफुट के दो बेडरूम का फ्लैट!

'बस, इतने से ही चल जाएगा—'

'याद रखो, गोह बड़ा हो रहा है...'

'गोह बड़ा होगा, कामकाज करेगा, ब्याह करेगा—लेकिन, यहीं बना रहेगा, ऐसा नहीं भी हो सकता है।'

'हां, हां, बेशक!'

'उसके ज़माने तक भूगोल की ये सीमाएं, नहीं रहेंगी। ख़ैर, भौगोलिक सीमाओं में तो अभी से ही टूटन शुरू हो गई है।'

मइयो-बप्पा दोनों ही हंस पड़े।

'असल में अभि, गोह के बारे में कुछ ज़्यादा ही फ़िक्र करता है।'

'वह तो इतना-इतना फ़िक्र करता है कि लगता है कि तिति के बारे में सारी चिन्ता-फ़िक्र आहना ही करती है! उसकी सारी जिम्मेदारी आहना की ही है।'

'तुम्हारा तो दोस्त है न! तुम नहीं समझते?'

'समझना क्या है? इसके अलावा, परायों के मामलों में टांग अड़ाना मुझे पसन्द नहीं है।'

'अभि तुम्हारे लिए पराया है? इतने दिनों में तो एक बार भी यह अहसास नहीं हुआ।'

'ख़ैर, वह चाहे जितना भी अपना हो, उसके विवाहित जीवन के बारे में सोचने को, मैं राजी नहीं हूं। अगर वह खुद कुछ बताए, तो ज़रूर सुनूंगा।'

'इस आहना को मैं समझ नहीं पाई। दोनों प्राणियों को बुलाओ, तो अक्सर उसे आने की फुर्सत ही नहीं होती।'

'अरे, नहीं, लगभग तीन बार तो आई ही है।'

'हांऽ...नकचढ़ा स्वभाव! बड़ी-बड़ी बातें...'

'यह तुम क्या कह रही हो, रंजा?'

'कहती है, यहां फ्लैट क्यों खरीदा? उप-नगर में भला कोई रहता है? मैं पूछती हूं, उपनगर क्या होता है? कलकत्ता क्या भला इत्ता-सा रह गया है?'

'हां, वे लोग तो सी. आइ. टी. में रहते हैं।'

'तुम्हारे कहने का मतलक क्या है?'

'पूछती है, इत्तने छोटे-से फ्लैट में ठुंसे-ठुंसे रहते हुस परेशानी नहीं होती? भइया, कमाल की हिम्मत है उसकी!'

तुहिन हंस पड़ा, 'भई, वह कहेगी क्यों नहीं? उन लोगों को हमारी तरह तो सोच-सोचकर, हिसाब करते-करते घर नहीं बनाना पड़ा। उन्होंने अपने बाप का घर प्रमोटर को बेच दिया। बहन-भाइयों और मां को एक-एक हक्काना-सा फ्लैट मिल गया! अभि तो काफ़ी क़िस्मतवाला निकला!'

'हां, मगर उस घर में वह काफ़ी कम-सा वक़्त गुज़ारता है।'

'ख़ैर, छोड़ो! तुम भी देखती तो हो, वह गोह को जितना वक़्त देता है, तिति को नहीं देता।'

तुहिन ने उसकी तरफ़ विस्मित निगाहों से देखा।

'अभि मेरी ज़िन्दगी में...कॉलेज के ज़माने से ही...नौकरी

ज्वायन करने के समय से...! हमारे ब्याह की तैयारी उसने की थी...कितने उत्साह से की थी...तिति उसकी बेटी है।'

'यह तो मालूम है।'

'लेकिन...आहना और उसके बीच...क्या कुछ गड़बड़ है?'

'तुम उसी से पूछ देखो न!'

'ख़ैर, जाकर देखूं, गोह अभी तक सोया या नहीं?'

दांत मांजकर, सुसु करने के बाद, गोह ने पानी पीया। अब नीचे पैर लटकाए, गाल पर हाथ धरे, खटिया पर बैठा हुआ था।

'अरे, गोह, क्या बात है?'

'मुझे तुमने टॉनिक नहीं पिलाई—'

रंजा लगभग दौड़ती हुई कमरे में दाख़िल हुई।

उसने भी हड़बड़ाए लहजे में कहा, 'अरे, हां, सच ही तो! बहुत बड़ी भूल हो गई मुझसे।'

'मैंने टॉनिक ले लिया, चम्मच भी धोकर रख दिया।'

'तूने मुझे बुलाया क्यों नहीं?'

'तुम लोग तो...झगड़ रहे थे।'

'नहीं, गोह, हम झगड़ नहीं रहे थे, बातें कर रहे थे।'

'तुमने मुझे गुडनाइट भी नहीं कहा—'

तुहिन और रंजा ने एक-दूसरे की तरफ़ देखा—

दोनों की समवेत आवाज़ गूंज उठी! गुडनाइट, गोह!

'नाइट!' गोह ने जवाब दिया।

अगले ही पल उसने दुबारा जुबान खोली, 'तिति, आंटी के साथ सोती है। मुझको पियानो ने बताया।'

'तिति तो डरपोक है! गोह तो कितना बहादुर, अकेला सोता है!' तुहिन ने उसमें उत्साह भरा।

'कोयला...और पांडा...'

गोह सो गया।

बत्ती बुझाकर, ज़ीरो-पावर जलाकर, वे दोनों बाहर निकल आए।

तुहिन ने कहा, 'हमने यह ठीक नहीं किया।'

'सारा काम मैं सुबह ही करा देती हूं। वैसे वह खुद भी सारे काम खुद करने की कोशिश करता है। रात को तुम्हीं तो...'

'हां, मुझसे ग़लती हो गई। लेकिन, तिति यहां कब आई थी, बताओ तो?'

'भूल गए? जिस दिन तुम मानिकतला गए थे, आहना अपने कॉलेज के किसी फंक्शन में गई थी...अभि तिति को यहां ले आया था...'

'हां, तुमने बताया तो था...'

'वह लड़की भी कमाल है!...तुम लोगों के पास केबल टी वी नहीं है...तुम्हारे स्कूल में 'मदर्स डे' नहीं मनाया जाता...बिल्कुल अपनी मां का लहजा...'

अगले दिन सुबह, गोह ने मइयो से कहा, 'अब मेरा कोई काम करने की ज़रूरत नहीं है। अब मैं बड़ा हो गया हूं।'

'कितना बड़ा हो गया है, गोह?'

'गोह तो किसी राजकुमार का नाम है। राजकुमार जल्दी-जल्दी बड़े हो जाते हैं...मेरी भी उमर छः साल हो चुकी है।'

'यह क्या बहुत बड़ी उम्र है?'

गोह ने अपनी बात दुबारा दोहराई, 'में बड़ा हो गया हूं।'

3

याद है, गोह को आज भी याद है, मइयो हंसते-हंसते लोटपोट हो गई।

उन्होंने हंसते-हंसते ही पियानो से कहा, 'अभि, सुनो, सुनो,

हमारा गोह काफ़ी बड़ा हो गया है—'

मइयो का लहजा सुनकर, वह ठोकर के आघात से मानो जम गया। ये बड़े-बुजुर्ग ऐसे क्यों होते हैं? मैं बड़ा ही गया हूं।'—यह तो उसने सच ही कहा था। कई-कई रात उसने उन दोनों की बातचीत सुनी है। मइयो और बप्पा या तो पियानो के बारे में या तिति के बारे में बतियाते रहते हैं। तिति की मां के बारे में बात करते हुए, मइयो की आवाज़ कैसी अज़ीब हो आती है! इसीलिए गोह ने तय किया वह बड़े लोगों का भरोसा बिल्कुल नहीं करेगा। अब वह अपने आप बड़ा हो जाएगा। कल वे लोग टॉनिक देना भूल गए, गुडनाइट तक नहीं कहा।

इसके बाद, वे लोग फिर कुछ भूल जाएंगे...उसके बाद और कुछ। मूमू की मां की ही लो। सुनने में आया है कि वह यह बात भी भूल जाती थी कि मूमू सो रहा है। और वह घर में ताला मारकर निकल पड़ती थी। मूमू अन्दर रोता रहता था।

बाद में मूमू का काका आकर, उसे अपने साथ ले गया। वैसे मूमू का बापू कहीं बहुत दूर रहता था। उस देश से ट्रेकर पर सवार होकर काफ़ी दूर तक जाने पर, जंगल में सिंह, जिराफ, ज़ेब्रा दिखाई देते थे।

मूमू कहीं, वहां तो नहीं चला गया? इस बारे में गोह-परिवार को कोई जानकारी नहीं थी। लेकिन मूमू की मां अभी भी घर पर ताला चढ़ाकर, कहीं-कहीं चल देती थी। ये सारी बातें मइयो, बप्पा को बताती थी, या बप्पा मइयो को बताता था। मइयो, पियानो को बताती थी।

गोह की बात, मइयो ने हंस-हंसकर पियानो की बता दी? अब कोह किसी दिन भी, कोई बात, अपने बप्पा-मइयो को नहीं बताएगा।'

उस दिन गोह के कानों तक पियानो की आवाज़ पहुंची ही नहीं। वह काफ़ी एकाग्र होकर 'डिज़नीलैंड' किताब के पन्नों में डूबा हुआ था।

थोड़ी देर बाद, वह खाना खाने के लिए मेज़ के सामने आ बैठा। रसोई-मौसी खाना पकाकर, सारा कुछ, 'हॉट केस' में ही रख

देती थी। रसोई-मौसी का नाम शायद करुणा था। मइयो उसे 'दीदी' बुलाती थी।

बप्पा कहते थे, 'ज़रा चाय बना देंगी?...पानी गर्म कर देंगी?'—यही सब...!

रसोईं-मौसी ने ही गोह को बताया था कि मइयो उससे काफी बड़ी थी, फिर भी उसे 'दीदी' बुलाती थी। वह बप्पा की छोटी बहन जैसी थी, मगर बप्पा उसे 'आप' कहते थे। गोह उसे रसोईं-मौसी बुलाता था, इस सम्बोधन से वह बेहद खुश थी। रसोई-मौसी के बेटे लेक-व्यू स्कूल में पढ़ते थे। रसोई-मौसी गोह के यहां और नर्स-दीदी के यहां, खाना पकाने का काम करती थी। जब उसके पास ढेर-ढेर रुपए जमा हो जाएंगे, तो वे लोग उस कलकत्ता में एक घर ख़रीदेंगे, जिस कलकत्ते का नाम-सोनारपुर है।

पियानो ने मइयो से सवाल किया, 'तुम हंस रही हो?'

'हंसूंगी नहीं? वह बड़ा हो गया है, यह सुनकर हंसूंगी नहीं?'

'यह बात ठीक नहीं है, रंजा!'

'क्या ठीक नहीं है?'

'गोह का मामला सीरियस है! वह अपने हमउम्र, दूसरे-दूसरे लड़कों से बिल्कुल अलग-थलग है। तुम उसकी मां होकर भी यह बात नहीं समझतीं? मैं समझ सकता हूं, तुम नहीं? तुहिन क्या कहता है?'

'उससे तो मेरी बात ही नहीं हुई।'

पुडिंग चाट-पोटकर खाने के बाद, चम्मच रखते हुए, हल्की-सी आवाज़ गूंज उठी। मइयो और पियानो चौंक गए। मइयो जब तक उठकर गोह के क़रीब आई, वह कुर्सी खिसकाकर उठ खड़ा हुआ।

मइयो ने पूछा, 'तू चुपचाप आया और खाना खाकर उठ गया?'

अचानक उसकी नज़र घड़ी की तरफ़ जा पड़ी।

'अभी साढ़े आठ तो बजे नहीं, गोह!'

'एट ट्वेन्टी फाइव!' यह कहकर गोह उठ खड़ा हुआ।

अब वह हाथ-मुंह धोकर, रात का पायजामा पहनेगा। उसके बाद, पेस्ट करेगा, टॉनिक लेगा और फिर लेटे-लेटे 'तुनू का घर' किताब पढ़ेगा। उस किताब के पन्ने-पन्ने पर तस्वीरें! छोटी-छोटी-सी कहानी। बड़े लोग कहानी-किस्सा पढ़ते-पढ़ते सो जाते हैं। मइयो-बप्पा की पलंग के जिस बाजू में बप्पा सोते थे, उस तरफ़ पढ़ने के लिए एक टेबूल-लैम्प फिट था। बप्पा को किताब पढ़े बिना नींद ही नहीं आती थी।

मइयो दबे पांव कमरे में दाख़िल हुई।

'गुड्नाइट कहूं, गोह?'

'अभी मैं किताब पढूंगा, बप्पा की तरह!' अचानक उसने सवाल किया, 'अच्छा, मइयो, घर में मेरा एक भी दोस्त काहे नहीं है?'

'क्यों? मैं...तेरे बप्पा...पियानो...?'

'काहे नहीं है, मइयो! अच्छा, अब मैं किताब नहीं पढूंगा। मुझको नींद आ रही है।'

'गुडनाइट, गोह!'

'गुडनाइट, गोह!' पियानो की आवाज़ सुनाई दी।

गोह को नींद आने लगी थी। उसने जवाब नहीं दिया।

अभि बोलता जा रहा था, तुहिन भौंहे सिकोड़े सुनता रहा।

अभि ने कहा, 'तू उससे तीस साल बड़ा है! रंजा अट्ठाइस साल! तुम दोनों ही नहीं समझते। वह बच्चा बिल्कुल अलग-थलग है। उसमें असम्भव अहसास और आत्मसम्मान है।

'लेकिन, क्यों?' रंजा ने सवाल किया।

'उसके स्कूली दोस्तों में से, कोई भी उसके पास नहीं होता?'

'ना—'

'शाम को उसे खेलने की भी फुर्सत नहीं मिलती?'

'बहुत कम-सा वक़्त मिलता है। शाम को आंटी के यहां

जाना होता है न!'

अभि के होंठों पर अफ़सोस भरी मुस्कान झलक उठी, 'जानता हूं! तिति के भी बचपन का यही हाल है, उसे भी बड़े स्कूल में भर्ती होना ही होगा। मेरा कसूर सिर्फ़ इतना था कि मैंने कह दिया—जिस स्कूल में तुम लोग पढ़ी थीं, उसी में, उस बच्ची को डाला जाए, तो क्या नुकसान है?'

'आहना ने क्या जवाब दिया?'

'मेरे खिलाफ़ उसकी जितनी शिकायतें हैं, उसमें एक शिकायत और जुड़ गई।'

'तू भी न...ग़ज़ब है। महीने-महीने जब तू मौसी को देखने जाता है, तो उन लोगों को भी साथ ले जाया कर, उनकी भी भेंट-मुलाक़ात करा दिया कर। उनके यहां मिलजुलकर कुछ देर बैठा कर, फिर साथ-साथ घर लौटा कर।'

अभि इसका जवाब टाल गया।

'गोह बेहद अकेला है, तुहिन! काफ़ी सेंसिटिव बच्चा है! तिति भी काफ़ी कुछ गोह की तरह ही है।

'तुझे कैसे पता है? उस बच्ची के साथ तू रहता ही कितनी देर है? गोह अगर निःसंग है, तो तिति को ही उसके बाप का संग-साथ कितना-सा मिलता है भला? हमारा ही ज़माना सही था। कमोबेश मंझोले स्तर के स्कूल में पढ़ाई की। देश में सैंकड़ों किस्म के आन्दोलन देखते-देखते बड़ा हुआ। घर में भी चार-चार भाई-बहन! काका लोग भी उसी मकान के अलग हिस्से में रहते-सहते थे। उस ज़माने में 'मुहल्ला' भी हुआ करता था...'

रंजा ने कहा, 'तुम तो ऐसे कह रहे हो, मानो वह स्वर्णयुग था। वैसा परिवेश छोड़कर आते हुए, मुझे तो भला ही लगा। अरे, अपनी मर्जी-मुताबिक रहने-सहने के लिए ही तो ब्याह किया।'

तुहिन ने भी हंसते हुए कहा! हां, ब्याह से पहले ही यह तय

हो गया था कि हम एक-दूसरे से विवाह कर रहे हैं। लेकिन एक-दूसरे के परिवार से जुड़े रहे, तो जीना मुश्किल होगा।'

'मेरे परिवार के नाम पर तो सिर्फ़ मेरे बापू बचे हैं सुनती हूं। अबीर के साथ एडजस्ट करके, मजे में ही हैं। मेरी माय तो जाने कभी की चली गई। सीधी-सी बात, अबीर कहो या बापू कहो, बस विजयादशमी पर थोड़ी-बहुत बातचीत या दुआ-सलाम हो जाता है। वह तो ग़नीमत है कि वरुणा ही कभी-कभार चली आती है। हालांकि वह तुहिन के लिए ही आती है...' रंजा ने कहा।

'छिः रंजा, यह तुम कैसी बातें करती हो?'

'और क्या...बेचारी-बेचारी, मासूम-सी सूरत बनाकर तुम्हारी हमदर्दी लूटती है।'

तुहिन हंस पड़ा, 'मतलब तुम्हें जलन होती है! अभी भी जलती हो? नहीं, भई, अभि मेरा बल-भरोसा है।'

'हर वक़्त! वरुणा हर वक़्त बाबन और गोह की तुलना करती रहती है।'

'पता नहीं, क्यों तो तुम्हें उस पर तरस नहीं आता। हज़ार हो, वह तुम्हारी तरह सख़्त-पुख़्ता नहीं है। वह तुम पर निर्भर करती है। अब तो जोजो की बड़ी नौकरी है, बड़ा फ्लैट है, गाड़ी है, यार-दोस्तों का जमावड़ा है! लोग-बाग़ के जंगल में वह बेहद अकेली है।'

'अकेले-अकेले जीना, उसे सीखना चाहिए—'

'अकेले-अकेले जीना बेहद मुश्किल है!'

अभि बोल पड़ा, 'यह दुःखी दुःखी लहजा क्यों है, भई?'

'तुझ जैसा दोस्त मिलना तकदीर की बात है!'

'अच्छा, तो दोस्त नहीं हूं—?' रंजा टपक पड़ी।

'तुम्हें तो ढेरों तेल ढालना पड़ा है, मैडम! तुम्हारी शर्तें क़बूल थीं, तभी तो रजिस्ट्री ऑफिस तक पहुंच पाया।'

'अभि की मदद भी तो मिली थी!'

'ख़ैर, मदद तो अभी भी मुझे मिल रही है।'

गोह के बारे में बातचीत का यही समापन हो गया।

जाने कैसे तो अभि ने दिल्ली-हाट में पन्द्रह दिनों के लिए एक काउंटर का इन्तजाम कर डाला। काफ़ी उत्तेजित होकर, वह ख़बर देने आ पहुंचा।

'गांगेयी नारी समवाय' नाम की रजिस्ट्री मैंने पहले ही करा रखी थी। फरवरी में पन्द्रह दिन के लिए, काउंटर मिल रहा है। मिसेज़ दयाल के बारे में चाहे तुम जो भी कहो, यह काम बनना ही नहीं, अगर वे इसमें दिलचस्पी न लेतीं।

'तू उन्हें पहचानता है?'

'गांगेयी नारी समवाय' साल में बीस लाख रुपयों के कपड़े बेचते हैं। उसमें तीस लड़कियां हैं, बाइपास में एक वर्किंग-शेड है! सारे खर्चा-पत्तर बाद देने के बाद भी साल में छः लाख रुपयों की बचत होती है, जो कोऑपरेटिव कर्मचारियों के खाते में ही जमा होती है। इसकी एक विवरण-पुस्तिका भी तो तैयार की थी न? मैंने उसकी एक प्रति भेज दी थी। पिछले साल आहना के भाइयों के साथ जब दिल्ली गया था, उन लोगों को वह पुस्तिका सौंप आया था। औरतें इस क़िस्म का समवाय चलाती हैं, यह जानकर वे लोग खुश हुए।'

'तुमने ऐसा कौन-सा जादू किया, अभि?'

'तू तो बिल्कुल नया-नया लग रहा है, रे...'

'वहां ख़रीदार भी मिल जाएंगे और विदेशी खरीदार तो हर वक़्त आते रहते हैं, इसलिए देशी बाज़ार तो मिलेगा ही, शायद विदेशी भी मिल जाए, तो असम्भव नहीं है।'

'लेकिन, वहां जाएगा कौन?'

'मधुकर चला जाएगा। शीला'दी तो वहां होंगी ही! वैसे तुम भी एक बार वहां का चक्कर लगा आओ, तो अच्छा ही होगा।'

'धत्त्, मैं कैसे जा सकती हूं? गोह है...घर-द्वार है...'

'ख़ैर, मुझे तो साड़ी-वाड़ी के बारे में तो कोई समझ नहीं है। लेकिन अगर तुम जाओ, तो हफ़्ते भर मैं यहां मैनेज कर लूंगा।'

'क्या मैनेज करोगे?'

'दफ़्तर! और क्या? इतने सालों से नौकरी कर रहा हूं, सात-आठ दिन की छुट्टी आराम से ले सकता हूं।'

'लेकिन गोह? गोह को परेशानी होगी?'

'कोई परेशानी नहीं होगी। मुझ पर तुम्हें भरोसा नहीं है?'

'नहीं, घर की फ़िक्र तो लगी ही रहेगी। वैसे भी अगर हम जाएंगे, तो मधुमीता और नीली को भी ले जाना होगा। कलकत्ते में जो प्रदर्शनी लगी थी, वहां उन लोगों ने कैसी ग़ज़ब की सर्विस दी थी!'

रंजा जैसे झिलमिला उठी। उसकी झिलमिलाहट ऐसी थी कि उसके चेहरे की एक-एक रेखा कोमल हो आई। उसकी तो जैसे उम्र ही कम होती जा रही थी।

'दिल्ली में बहुत बड़ा बाज़ार है न?' उसने पूछा।

'काफी बड़ा बाज़ार!' अभि हंस पड़ा, 'एक बार वहां किसी तरह पहुंच जाएं...चारों तरफ़ बाज़ार ही बाज़ार हैं।'

'वैसे हम अपने सामान, बांगलदेश के ग्राहकों को ही बेचकर, कूल-किनारा नहीं पाते...'

'अब बम्बई, बैंगलोर, अहमदाबाद तक...देखो, तमाम बंगाली एसोसिएशनों से मेरा सम्पर्क है। पूजा से पहले, दिल्ली में अगर एक प्रदर्शनी आयोजित की जा सके, तो...'

'वहां हम रहेंगे कहां?'

'चितरंजन पार्क में, मेरे एक ममेरे भाई रहते हैं, वे ही लोग हमारे लिए कोई जगह खोज रखेंगे। तुम्हें इन सब बातों की फिक्र करने की ज़रूरत नहीं है, रंजा! तुम बस, प्रोडक्शन देखना। दस बजे पहुंचो और चार बजे निकल आओ, यह नहीं चलेगा। डिज़ाइन शुभ्रकुसुम जुटाएगा, मधुकर ब्लॉक बनाने का जिम्मा लेगा। अच्छा,

दो-चार कांथा का काम करा रखोगी?'

'न्ना! कांथा का काम अब बेहद पुराना हो गया है।'

'अभि, पहले हम हिसाब तो कर डालें—'तुहिन ने कहा, 'जाना-आना, रहना, माल चालान देना, वहां का खर्चा-पानी...'

'कम से कम लाख रुपए पकड़ ले—'

रंजा का मुंह खुला का खुला रह गया।

'अरे, स्पॉन्सर का जुगाड़ हो जाएगा। या तो एथनिक या अति आधुनिक रंग, बड़ी से बड़ी डिज़ाइनें...हो जाएगा, सब हो जाएगा।'

यह समूचा खेल होगा या नहीं या हुआ भी तो कामयाब होग या नहीं, इसका कोई अन्दाज़ा नहीं था, तुहिन को यह बात खासी मजेदार लग रही थी।

'भई, मुझे तो तुम लोगों की भाषा ही समझ में नहीं आती, लेकिन इसकी कल्पना करते हुए, ख़ासा मज़ा आ रहा है।

अभि ने जवाब दिया, 'कौशिक जैसे रोज़-रोज फिल्में बनाने का काम किया करता था?'

'जैसे हम यानी तू और मां छोटी-सी, कोई आभिजात्य, प्रकाशन खोलने के ख़्याल में डूबे रहते थे।

'यह मेरी चुनौती है, तुहिन, अगर वे लोग फेल हो गए, तो यह काम मैं करूंगा।'

'तू साड़ी बेचेगा?'

'बेचूंगा! कुछ न कुछ करूंगा। इसी तरह करते-करते, अपने लिए कोई जगह तैयार कर लूंगा।'

'हां, लगता है, तू कर सकेगा, तभी तो ई एम बाइपास के उद्योग-सेक्टर में जगह मिल गई...'

'यह काम तो नीतिसुधा घोष ने शुरू किया था। मेरे उसी ट्रेनिंग कॉलेज के प्रिंसिपल बुआ के दोस्त थे। वे चला नहीं पा रहे थे, सो उन्होंने मुझसे अनुरोध किया...। वहां नए सिरे से सोचने की

ज़रूरत थी! बाज़ार और ख़रीदारों के बारे में भी नई कल्पनाओं की ज़रूरत है...'

'यही तेरी अपनी जगह होगी?'

'ख़ैर, मेरी बात छोड़ो—'

रंजा एक प्लेट में अंडे और फूलगोभी के पकौड़े ले आई।

'चलो, खाओ! अभि आज एक अच्छी ख़बर लाया है...मुझे बेहद भला लग रहा है! सच्ची, तुहिन, काश, हम तीनों दिल्ली जा पाते।'

'गोह का स्कूल और मेरा दफ़्तर नागा करके? घर बिल्कुल बंद करके जाना, क्या सही होगा? यह मुमकिन नहीं है, रंजा!'

'हां, सो तो सच है!'

'मेरी समझ में तो यह नहीं आ रहा है कि यह काम शुरू करने के लिए रुपए कहां से आएंगे?'

'भई, एक दिन ऐसा भी तो था जब तुम्हें यह समझ में नहीं आता था कि इंश्योरेंस की नौकरी छोड़कर यहां चले आओगे, तो इससे तुम्हें रुपयों का जो नुकसान होगा, उसकी भरपाई होगी या नहीं।'

'नहीं...नुकसान तो नहीं हुआ...'

'तो इस बार भी कोई न कोई जादू हो जाएगा, चलो, देखते हैं—'

'गोह को इस बारे में अभी कुछ नहीं बताऊंगा। सच्ची, हम लोग उसे लेकर...'

'भई, हम दीघा गए हैं...पुरी गए हैं...चिल्का गए हैं...एक बार तो पैकेज़ दूर में सिक्किम भी हो आए...उसे बड़ा तो हो लेने दो। घूमेगा...कितना घूमेगा...!'

लेकिन उन लोगों को अवाक् करते हुए गोह बोल पड़ा, 'मइयो को जाने दो न!'

'मैं तो रहूंगा, न, गोह!'

'तब मैं और तुम उस बड़ी पलंग पर सोएंगे...क्यों बप्पा?'

'ज़रूर...ज़रूर!'

'रसोई-मौसी चिकेन पका दिया करेगी। है न?' गोह ने कहा।

'तू उदास तो नहीं होगा, बेटा?' रंजा ने पूछा।

'नहीं! अब मैं बड़ा हो गया हूं न?'

'हां, बेटा बहत जल्दी-जल्दी बड़े हो रहे हो–'

'हां, अब मैं टूल पर चढ़कर बत्ती भी बुझा सकता हूं–'

'तू इतनी जल्दी-जल्दी क्यों बड़ा हो रहा है, गोह?' तुहिन ने पूछा।

'तुम गोह का किस्सा नहीं जानते? मौसी ने मुझे और बाबन को, किताब से गोह की सारी कहानी सुनाई थी–'

'लाचार होकर रंजा को कहना ही पड़ा, 'मौसी को बहोत सुन्दर-सुन्दर कहानियां आती हैं–'

'हां, उन्हें तो आती हैं, मगर मौसी के यहां आते ही तुम गुस्सा हो जाती हो, इसीलिए तो वे यहां नहीं आतीं।'

थोड़ा ठहरकर गोह ने दुबारा कहा, 'पता है, रसोई-मौसी ने मुझे रसोई-पूजा की कहानी सुनाई। तुम जानती हो। रसोई-पूजा में रात के वक़्त इत्ता-इत्ता खाना पकाते हैं, वह सारा का सारा सुबह खा लिया जाता है। रसोई-मौसी ने कहा कि वह खीर भी ला सकती है, लेकिन तुम ही उसे लाने नहीं देतीं।'

'नहीं, गोह, वह सब खाना खाने से...'

'भई, इस तरह का खाना, न वह लाई, न गोह ने खाया, फिर इतनी फिक्र क्यों करती हो?' तुहिन ने कहा।

'नहीं, तुहिन...जब मैं यहां नहीं रहूंगी...मतलब, अगर मैं चली ही जाऊं, तो...'

'तब हम तुम्हारी लिखी हुई रूटीन के मुताबिक ही चलते रहेंगे।'

रंजा को अचानक लगा, जैसे गोह अब पहले जैसा कातर नहीं हो रहा है या फिर हो ही रहा हो। उसे आख़िर समझें कैसे? बड़ा ही चुप्पा लड़का है!

'अच्छा, दिल्ली से तेरे लिए क्या लाऊं, गोह?'

'मुझे क्या पता? मैंने तो दिल्ली देखी नहीं...। दिल्ली तो ब-हो-त दूर है न?'

'हां, बहुत दूर!'

'मैं तुझे नक्शे की किताब में दिखा दूंगा—' तुहिन ने तसल्ली दी।

'हमारे पास एटलस नहीं है—'

'कोई बात नहीं! मैं और तुम...बाज़ार से ख़रीद लाएंगे।'

'जानवरों का एटलस ले आओगे, बप्पा? रिखिया को उसके जन्मदिन पर मिला है। हम सबने नक्शे की वह किताब देखी... लेकिन बहुत थोड़ा-थोड़ा...'

'रिखिया तेरी दोस्त हैं?'

'हम सब...सबके दोस्त हैं, बप्पा! मिस ने कहा है, हर किसी को...हर किसी का दोस्त होना चाहिए...'

'इस घर में भी तो हम सब एक-दूसरे के दोस्त हैं...'

'तुम लोग आपस में दोस्त हो। मेरा कोई दोस्त नहीं! बड़े लोग, बच्चों के दोस्त नहीं होते—'

मइयों का दिल्ली जाना, गोह को बखूबी याद रहेगा! उसके जाने से पहले ही, उनके यहां टेलीफोन आ गया! वह भी काफ़ी बड़ी घटना थी।

रंजा ने कहा, 'शुक्र है! सबके पास फोन आता जा रहा था, एक हमारे यहां ही...इतनी क़ोफ़्त होती थी न हमें...!'

'चलो, तुम्हें आराम हो गया! उम्मीद है, ख़र्च ज़्यादा नहीं बढ़ेगा...'

'फोन का ख़र्च...? बढ़ाते रहो...तो बढ़ जाता है। आजकल फोन एक ज़रूरत बन चुका है।'

'घर भी तो ज़रूरी है...!'

'मेरे कहने का मतलब तुम्हारी समझ में आ रहा है? किराए पर घर तुम ले नहीं सकते! सलामी...बयाना...अलां-फलां सैकड़ों झमेले!

एक साथ रहने का तो सवाल ही नहीं उठता। घर भी ज़रूरी है।'

'गाड़ी ज़रूरी नहीं है न?'

'नहीं, हमारे लिए तो नहीं है। यहां गोह है...तुम बाहर जाते हो...मैं भी बाहर आती-जाती हूं। घर में फोन न हो, तो...! वैसे भी...अगर मैं दिल्ली गई, तो वहां से फोन तो कर सकती हूं! गोह की आवाज़ तो सुन सकूंगी।'

'मैं भी...मैं भी रिखिया को...मौसी को...इमन को फोन किया करूंगा। फोन पर 'हैपी बर्थडे' कहुंगा—'

'कहना...ज़रूर कहना! लेकिन, तूने यह तो बताया ही नहीं कि दिल्ली से तेरे लिए क्या लाऊं? सुनो, इसका टिफिन-डब्बा ज़रा तुम देख लिया करना।'

'देख लूंगा! अभी तो दो दिन बाकी हैं।'

'सच्ची, अभि ने वाकई जादू कर दिखाया। सारा इन्तज़ाम, पता नहीं, कैसे तो किया होगा उसने।'

तुहिन खामोश रहा! गांगेयी समवाय को वह कोई मदद नहीं कर पाया था।

'समझ में आ रहा है! वहां खूब सैर-तफ़रीह करोगी देखो, ठंड न लगा बैठना।'

रंजा खामोश रही।

'इतना बड़ा सूटकेस ले जा रही हो, हर दिन तीन-तीन बार साड़ियां बदलोगी?'

'भिखारिन की तरह, भला क्यों जाऊं? मेरे पास इतनी-इतनी साड़ियां है! मैं तो शॉल और कार्डीगन भी ले रही हूं।'

'हां, वहां ठंडा बहुत ज़्यादा है।'

इसी बीच वरुणा भी आ पहुंची। दीदी के जाने की ख़बर सुनकर, वह बेतरह खुश थी।

'तुहिन'दा गोह के लिए दफ़्तर से छुट्टी ले रहे हैं?'

'क्यों? जोजो नहीं लेता?'

'दफ़्तर उसकी जान है, री दिदिया! यही मैं! मैं अपनी तरह कोई काम कर सकती हूं, यह तो वह सोच भी नहीं सकता! मैं और बाबन, उसकी नज़र में एक ही जैसे हैं। बाहर ले जाना हो, तो वही ले जाता है। उसका ख़्याल है, मैं किसी काम का नहीं हूं।'

'तुम लोगों को लेकर, वह घूमने-फिरने तो गया है।'

'हां, घूमने तो गया है।'

'तुम लोग तो काफ़ी ऐश से सैर-सपाटे करते हो, भई!'

'हां, इन सबमें वह कोई त्रुटि नहीं रखता।'

वरुणा की आवाज़ कैसी तो बुझ आई।

उसने थोड़ा ठहरकर पूछा, 'गोह...?'

'तुहिन है न?'

'गोह भी काफ़ी लायक बच्चा है। बाबन को देखो...उसके खाने-पीने को लेकर, मुमकिन है, कभी मैंने ही अतिशयता से काम लिया हो...अब काफ़ी झमेला होता है।'

अचानक गोह बोल उठा, 'बाबन के तो ढेर सारे दोस्त हैं।'

'हां, दोस्त तो हैं! कम्पनी के फ्लैट में ही कई दोस्त मौजूद हैं। आयंगर और विश्वास परिवार के बच्चे भी उसी स्कूल में पढ़ते हैं।'

'हां, वहां खेल का मैदान भी है—'

'मैदान क़रीब ही है! वैसे स्कूल में भी मैदान मौजूद है।'

थोड़ा ठहरकर वरुणा ने कहा, 'अब चलती हूं, दिदिया, आज घर में कौन-कौन तो आने वाले हैं।'

'चाय पर बुलाया है?'

'यह तू भूल जा, दीदी, इन लोगों को चाय पर नहीं बुलाया जाता। शाम का मतलब ही है...' थोड़ा ठहरकर, उसने खुद ही बात आगे बढ़ाई, 'अच्छा, छोड़ ये बातें! मैं दो शॉल लाई थी, दीदी, अगर तुझे चाहिए, तो...'

रंजा ने खुशी-खुशी ही शॉल ले ली, 'तू भी न! अगर तू हमारे समवाय में आ जाती, तेरा वक़्त गुजर जाता। यह जोजो मेरी समझ में नहीं आता। उन दिनों लगातार दो सालों तक घूम-घूमकर...इस शॉल को क्या कहते हैं, री?'

'पता नहीं, क्या तो नाम है! दिसम्बर में मेरा जन्मदिन पड़ता है न...तभी यह शॉल उपहार में मिली थी।'

'बहोत सुन्दर है!'

'वक़्त गुज़ारना मेरे लिए समस्या नहीं है, दीदी! मैंने एक ऐसे शख़्स से विवाह किया है, जिसका सामाजिक जीवन बेहद व्यस्त रहता है। सो, हर वक़्त व्यस्त रहना ही पड़ता है! बाबन भी काफ़ी सारा वक़्त ले लेता है! वह गोह की तरह नहीं है, बेहद डिमांडिंग है! जोजो की तरह!'

'यह तो बहुत अच्छा है! बाप की तरह ही ऊपर चढ़ता जाएगा।'

'हां...शायद...'

'और जोजो की मां...बहन...?'

वरुणा हंस पड़ी, अब तो ऐसे भी सुनती रहती हूं कि मैं बेहद लकी हूं! बेहद तकदीर वाली! जोजो के लिए मैं क़ीमती दौलत हूं। यह भी बता दूं कि मेरी सास ही बेटे से कहती है—'तुम दोनों की भी अपनी ज़िन्दगी है, यह बात भूल मत जाना। थोड़ा सा वक़्त अपने लिए भी ज़रूर रखना।'

'वह सुनता है यह बात?'

'बस, बीच-बीच में बाहर निकल पड़ते हैं। बाबन ज़रा बड़ा हो जाए, तो देखती हूं, लाइब्रेरी साइंस की पढ़ाई कर डालूं! तू परेशान न हो, मैं ठीकठाक ही हूं। सबसे ज़्यादा मज़े में तो तू है। यह ख़्याल ही बेहद सुखद है! तूने हम सबके लिए कुछ कम तो नहीं किया। अभी...इस...पूजा से पहले...नवरात्रि से पहले...तुम लोगों की साड़ियों

की...फ्लैट में ही प्रदर्शनी लगाकर, बेच सकती हूं...'

'यह तो बहुत अच्छा होगा, री!'

'ये लोग बारहों महीने भेंट-उपहार भी तो देते रहते हैं और बंगाल की साड़ी की काफ़ी इज़्ज़त भी है!'

वरुणा ने गोह को एक किताब दी—शुरू से अन्त तक एलिस इन वंडरलैंड की तस्वीरें! तस्वीर के नीचे छोटी-छोटी कहानी।

तुहिन ने लम्बी-सी उसांस भरकर कहा, 'किसी दिन बंगला शिशु साहित्य भी इसी ढंग से पढ़ाना होगा।'

गोह बीच में ही टपक पड़ा! 'यह किताब बहुत अच्छी है।'

'तुझे अच्छी लगी?'

'हां! बप्पा हमें पढ़ा देंगे। पता है, मौसी, मैं और बप्पा अकेले रहेंगे।

'दुकेले, बोल! दो लोग, भला अकेले होते हैं?'

'मइयो तो नहीं रहेगी!'

'तीन लोग हों, तो ठीक रहता है! है न?'

गोह ने कोई जवाब नहीं दिया।

ऐसे में अभि कमरे में दाख़िल हुआ।

'अरे, वरुणा, तुम? भई, तुम्हारी दीदी तो महा एडवेंचर करने चल दी। ख़बर सुनी न?'

'आप जा नहीं रहे?'

'अभी तक कुछ तय नहीं किया!'

'दिल्ली तो आपने देखा होगा?'

'हमलोगों ने नहीं देखा—' तुहिन ने जवाब दिया, 'रंजा देखेगी। हम तीनों मिलकर, अगली पूजा में दिल्ली भी देख आएंगे और हिल्ली भी!'

'हिल्ली क्या होती है, बप्पा?'

'अरे, वही दिल्ली-हिल्ली, आगरा-टागरा! ऐसे शब्द दिल्ली और आगरा के लिए ही इस्तेमाल किए जाते हैं।'

गोह विस्मित निगाहों से देखता रहा!

'कलकत्ता को क्या कहेंगे?'

'कलकत्ता-टलकत्ता!'

गोह बेतरह खुश हो गया! बेतरह! मैं काफ़ी दिनों के लिए यादगार बन गया।

4

गोह को मइयों की अनुपस्थिति का समय बखूबी याद है।

उन दिनों उसे एक बार भी नहीं लगा कि उनका कोई दोस्त नहीं है। क्यों?

मइयो शनिवार को दिल्ली चली गई।

उसी रात उसके बप्पा ने कहा, 'कल तो इतवार है न, गोह?'

'छुट्टी!'

'हमारी छुट्टी अभी...इसी वक़्त से शुरू! चलो, वापसी में हम आइसक्रीम ख़रीदेंगे। ठीक है?'

'हावड़ा स्टेशन कित्तना बड़ा है! हैं न, बप्पा?'

'यह है—सभी ट्रेनों का घर!

गोह हंस पड़ा, 'ट्रेनों का घर, बप्पा?'

'अलबत्! ट्रेनों का अपना घर होता है, समझा?' मइयो जिस ट्रेन में गई है, वह दो रात, एक दिन चलती रहेगी। कित्तना लम्बा रास्ता दौड़ती रहेगी, है न बप्पा?'

'हां, लगातार दौड़ती रहेगी।'

'देखो, इस ट्रेन का घर दिल्ली में है। वहां पहुंचकर, वह आराम करेगी; झाड़ूदार उसकी साफ़-सफ़ाई करेगा, टंकी में पानी भरेंगे...ट्रेन अपने घर पहुंच गई होगी न?'

'हां, बिल्कुल!'

'बम्बई...दिल्ली...मद्रास...!'

'बप्पा, तुम कुछ नहीं जानते। आंटी ने कहा है, सुहित के मामा मुम्बई में रहते हैं...'

'हां, रहते तो हैं! बिल्कुल सच!'

'और रिखिया के बापू मद्रास नहीं, चेन्नई जाते हैं।'

'बिल्कुल ठीक! तेरे बप्पा हार गए—'

'उसके बाद?'

'उतनी दूर-दूर से वे ट्रेन दौड़-दौड़कर फिर अपने हावड़ा वाले घर में आ पहुंचती हैं और...'

'फिर आरम्भ करती हैं। उनकी सफ़ाई होती है; टंकी में पानी भरा जाता है, यही न?'

'बिल्कुल ठीक!'

'तब तो सब एरोप्लेन का भी घर है! बस, टैक्सी—सबके अपने-अपने घर होते हैं?'

'हां, बिल्कुल होते हैं! तुहिन ने जवाब दिया।

अगले, ही पल उसने पूछा, 'क्यों? उदासी आ रही है, गोह?'

'थोड़ी-थोड़ी!'

'मुझे भी थोड़ी-थोड़ी उदासी आ रही है।'

'तब तो हम दोस्त हो गए न, बप्पा?'

'बे-शक़!'

तुहिन का अन्तस प्यार से गद्‍गद् हो आया—गोह...गोह...तूने मुझे अपना दोस्त कहा? उसने टैक्सी रोककर आइसक्रीम ख़रीदी और वे दोनों घर लौट आए।

बप्पा, इत्तनी बड़ी आइसक्रीम है? हम हर रोज़, थोड़ी-थोड़ी करके खाएंगे।'

'पता है, रसोई-मौसी ने आज चिकिन पकाया है।'

'चिकिन खाऊंगा...घूमने जाऊंगा...! देखो, बप्पा, देखो,

वोऽ...रिखिया लोगों का मकान है।'

'तुझे कैसे पता?'

'अरे, वाह, हम सब निक्को पार्क जाते हैं...चिड़ियाखाना जाते हैं...। बस में चढ़कर, हर कोई...हर किसी के घर पहुंच जाता है। मैं तो सबसे बाद में उतरता हूं न। रिखिया का मकान मैंने दो बार देखा है।'

'हां, हमारा गोह अब सब कुछ पहचानने लगा है। सुन, तू और मैं...बाद में एक बस ख़रीद लेंगे।'

'सच्ची, बप्पा?'

'बे-शक़! हम दोनों, बच्चों को घुमा-घुमाकर, समूचा कलकत्ता दिखाया करेंगे।'

बाप-बेटे, दोनों एक-दूसरे के बेहद क़रीब आ गए। तुहिन को तो अन्दाज़ा भी नहीं था कि गोह के साथ इतना सारा वक़्त गुज़ारना, इतना सुखद होगा। ऐसा लगा, इससे पहले वह गोह को पहचानता ही नहीं था। गोह कितना कम विस्मित होता है! हर बात वह पूरे मन से सुनता है...देखता है, समझता है।

पहले ही दिन तुहिन ने गोह से पूछा, 'गोह आज हम दोनों अगर उस कमरे में सोएं, तो कैसा रहे?'

गोह कुछ सोच में पड़ गया।

उसने धीमी आवाज़ में कहा, 'पांडा और कोयाला?'

'वे भी रहेंगे। हम लोग भी रहेंगे।'

'तुम तो लेटे-लेटे किताब पढ़ोगे। मैं भी...थोड़ी-थोड़ी किताब पढ़कर...तब सोता हूं। ज़रा-ज़रा...'

'तू खूब पढ़ता है?'

'न्ना...नींद आ जाती है।'

'मैं किताब पढ़ूंगा ही नहीं! तुझसे बात करूंगा। ढेर-ढेर कहानियां सुनाऊंगा...!'

'तुम भी तो सब काम अपने आप करते थे! तुम भी

अकेले-अकेले...अपने पांडा के साथ सोते थे?'

'ना, गोह, मैं सा-री बात तुझे बताऊंगा।'

उन दिनों तुहिन ने एक नए गोह का आविष्कार किया। अभि की रायं बिल्कुल सच थी। गोह बिल्कुल अलग क़िस्म का बच्चा था। अब तक गोह के बारे में वह रंजा की राय को ही अहमियत देता रहा, क्योंकि उसके और रंजा के रिश्ते की बुनियाद प्यार था, प्रणय था और रंजा का आत्मविश्वास था। असल में रंजा ही गोह को ज़्यादा समझती थी, तुहिन ने रंजा की तरह अपनी जिम्मेदारी नहीं निभाई। सच तो यह था कि तुहिन के पीछे रंजा नहीं होती, तो वह निराधार बह जाता।

ख़ैर, तुहिन ने सब कुछ क़बूल कर लिया है। अभि उन दिनों भी उसका छाया संगी थी। वह तो शुरू से ही रंजा का प्रशंसक रहा है।

'क्या व्यक्तित्व है! क्या बुद्धि है! वैसे उसकी छोटी बहन भी सूरत-शक्त से काफ़ी मोहक थी, लेकिन वह रंजा के पांव की धोवन भी नहीं थी। और वह जो पागलों की तरह घर खोज रही है...'

तुहिन उससे कह नहीं पाया कि कुछ दिनों वह संयुक्त परिवार में ही रह लेता, उसके बाद, न हो कोई फ्लैट किराए पर लेकर चला जाता। वैसे तुहिन का परिवार, उस उम्रदार, शिक्षित, नौकरिया लड़की का सम्मान ही करता था।

रंजा की शर्त थी, उससे इस क़िस्म के पारिवारिक कर्त्तव्य नहीं निभाए जाएंगे। उसने अपने बापू को अपने पूरे अट्ठाइस साल दे डाले। तुहिन ने अपने घरवालों को तीस साल दिए थे।

'अब और कोई बात नहीं, तुहिन! अभि ने जो कहा, वह बिल्कुल ठीक कहा। एक अदद कमरा और बैठने-खाने के लिए थोड़ी-सी जगह; एक अदद रसोई, एक बाथरूम! दो सौ पच्चीस रुपए तो ठीक ही हैं।'

'सोएगी-लेटेगी किस पर?'

'अरे, 'सा-रा कुछ किराए पर मिल जाएगा।'

वे लोग अभी मकान में रहने लगे। अभि और आहना की तिति और तुहिन तथा रंजा का गोह...लगभग क़रीब-क़रीब समय में ही पैदा हुए।

उन्हीं दिनों रंजा ने जानकारी दी-बंगाली लोग अब कलकत्ते में घर-किराया नहीं ले पाएंगे। बंगाली वहां अपना-अपना घर बेच रहे हैं। वहां अब बड़े-बड़े फ्लैट तैयार हो रहे हैं। बंगाली लोग बखूबी जानते हैं, वे सब फ्लैट लेना, साधारण, निम्न मध्यवित्त बंगालियों के लिए नहीं है।

इसीलिए उन्होंने उपनगर में, उपनगर के भी उपनगर में, किसी तरह एक अदद फ्लैट ख़रीद ही लिया। उन्हें एक स्थायी ठिकाना भी मिल गया और ज़मीन ख़रीदकर, घर बनाने की चूहा-दौड़ में भी शामिल नहीं होना पड़ा।

वैसे बहुतेरे लोग अपना मकान भी बनवा रहे थे।

अभि! अभि!

वही अभि कहीं से इस सरकारी एम.आइ.जी. फ्लैट की ख़बर ले आया। रंजा ने इसे ख़रीदने में अपनी सारी जमा-पूंजी लगा दी; तुहिन ने अपने दफ़्तर से उधार लिया। उनके सपनों का घर! दो-दो बेडरूम! भला कोई सोच सकता है?

उसी दिन से तुहिन रंजा की ख़ानदानी प्रजा बन गया।

गोह के मामले में भी यही हुआ! गोह अलग कमरे में सोए, उसका बाथरूम अलग, घड़ी देखकर, वक़्त मुताबिक काम करे। भविष्य में वह अपने बप्पा जैसा न बने। समय को हिसाब से ख़र्च करने का हुनर सीखना ही सबसे बड़ा काम है, जो भविष्य में उसके काम आएगा।

निरा निकम्मा, मां पर निर्भरशील, अपने बारे में दायित्वहीन होने से नहीं चलेगा।

—सुनो, गोह, तुम जो कुछ भी देख रहे हो, सब कुछ तुम्हारी मां की वजह से ही सम्भव हुआ है।

किसी दिन तुम खुद समझ जाओगे, ये बातें कितनी क़ीमती हैं!

5

पहले दिन से ही, वे दोनों साथ-साथ सोते रहे। टीवी पर मक्खी-मच्छर खदेड़ने के क़ायदे-क़ानून के चाहे जितने भी विज्ञापन दिखाए जा रहे हों, तुहिन लोगों को उन पर कोई भरोसा नहीं था। मशहरी जैसी सुरक्षित, मच्छर-खदेड़ू धूप या स्प्रे नहीं है।

अभी भी यहां मच्छरों की भरमार है।

आख़िरकार मां-बापू के खाट पर ही गोह और तुहिन सोते रहे। पांडा और कोयाला, पहली रात के बाद, उनके साथ सोने नहीं आए। गोह ने उनसे कहा—तुम लोग मेरे बेड पर जाकर सो जाओ, प्लीज़!

मइयो के जाने के बाद, पहली रात काफ़ी उत्तेजना से भरा-भरा था। घर लौटकर, उन दोनों ने पहले कपड़े बदले, हाथ-मुंह धोया और बाप-बेटे टीवी के सामने आ बैठे। उनके खाने और बैठने की जगह कैसा तो जादू-जादू जैसा है, यह हक़ीक़त बाप-बेटे ने पहली बार महसूस की।

बैठने की जगह, वे तीनों इकट्ठे होकर, शायद ही कभी बैठे हों। वैसे तीन-तीन लोग वहां बैठते-उठते थे, खड़े होते थे, बातचीत करते थे और हंसते-खिलखिलाते भी थे, मगर वे बाप-मां-बेटा नहीं थे। बप्पा, पियानो और मइयो। मइयो ने कहा, कुछ दिनों बाद, गोह के उठने-बैठने का इन्तज़ाम, तीन नम्बर कमरे में ले जाया जाए, मगर अभी तक पहले के इन्तज़ाम में हेर-फेर नहीं हुआ था। अभी भी उस कमरे में दीवार से सटे दो-दो रैक मौजूद थे, जो किताब और कागज-पत्तर से भरे हुए थे। कई एक मूढ़े भी पड़े हुए थे। अबेर-सबेर

गांगेयी समवाय के लोग आ जाते थे, तो सब फर्श पर ही बैठते थे।

खाने की मेज़ के चारों तरफ़ तीन कुर्सियां! कई एक कुर्सियां दीवार से सटाकर रखी हुईं! ऊपर का लॉफ्ट ख़ासा बड़ा था। गोह के जन्मदिन पर, बाकी कुर्सियां लॉफ्ट पर चढ़ा दी जाती थीं।

किसी न किसी दिन गोह उस लॉफ्ट पर चढ़कर, अपना एक 'सिक्रेट डेन' बनाएगा। 'भीकी का दोस्त' उसकी प्रिय कहानी थी। उसे यह कहानी उसकी मौसी ने सुनाई थी। भीकी का दोस्त, तेनविंग, ऐसे ही एक लॉफ्ट पर रहता था। भीकी उसे दार्जिलिंग से ले आया था।

तेनजिंग को किसी दुष्ट परी ने, बिल्कुल नन्हा-सा बना दिया था। वह लॉफ्ट पर रहता था और भीकी के मां-बाप जब बाहर चले जाते थे, तो वह नीचे उतरकर भीकी के साथ खेलता रहता था।

गोह भी उस कमरे में अपना 'गुप्त मांद' बनाएगा। बप्पा-मइयो-पियानो यानी बड़े लोग जब गपशप कर रहे होंगे, गोह वहां छुप जाएगा।

गोह किसी अनोखे, अलग तेवर के राजकुमार का नाम था। वह राजकुमार स-ब कुछ कर सकता था। उसकी जो मर्जी होती थी, वह कर गुज़रता था।

गोह ने कहा, 'बप्पा, मैं अपने बचपन के खिलौने वहां नहीं रखूंगा।

'क्यों, रे?'

'सब दे दूंगा।'

'किसे?'

'जो भी मांगेगा, उसे दे दूंगा।'

'अच्छा, अब हम क्या करें, बता तो?'

'चिकिन...'

'और?'

'आइसक्रीम! हम ढे-र सारी आइसक्रीम खाएंगे, ढेर सारी! कल तो हमारा इतवार है न!'

तुहिन को पता भी नहीं था कि रसोई-मौसी कैसी अद्भुत-अद्भुत

चीज़ें रख गई थी। कैसारोल में चिकिन की हल्की करी, दूधिया-सफ़ेद भात में मटर, गोभी, हल्का-सा भूनकर मिलाया हुआ!

तुहिन यह भी नहीं जानता था कि टी वी पर डिस्कवरी या नेशनल ज्योग्राफी चैनल ऑन कर देने से, गोह की आंखों में सितारों की चमक भर जाती थी।

'बप्पा, हम ब्राज़िल में भी हैं और कलकत्ते में भी। है न?'

'हां, गोह?'

'मइयो के आते ही सब...'

'सुन, गोह, तू जब खाना खाएगा और अगर मैं घर पर रहा, तो मैं तेरे सामने बैठा रहूंगा।'

'खाओगे नहीं? अच्छा, बप्पा, मइयो क्या अकेले खाएगी? ट्रेन में चिकिन खाने को देते हैं?'

'मइयो तो कई लोगों के साथ गई है न! जो सबलोग खाएंगे, वही तेरी मइयो भी खाएगी। मुमकिन है चिकिन ही खाए—'

इस बार रंजा लौटेगी, तो उससे कहना होगा, वह गोह का उच्चारण न सुधारे, प्लीज़! जितने दिनों वह चिकिन, किचिन बोलता है, उसे बोलने दे।

'बप्पा, देखो, कैसी सुन्दर चिड़िया है!'

'सुन्दर तो होगी ही! वह नदी है न...'

'आमाज़ोन?'

'तेरी आंटी, तुझे सब बता चुकी है?'

'हां, स-ब! लेकिन आंटी तो सिर्फ़ छः महीने ही पढ़ाएगी। आंटी जब चली जाएगी, हम सब ब-हो-त रोएंगे और एक फंयरवेल भी देंगे। उस दिन तुमको, मुझे भी पांच रुपइय्ये देने पड़ेंगे, मालूम?'

'चिकिन कैसा है?'

'ब-हो-त बढ़िया!'

'अच्छा, अब कल हम क्या खाएंगे?'

'मछली, बप्पा! लेकिन, चिंगड़ी, मछली नहीं होती। उसे कहते हैं...रहः...कास्टे या क्या तो...!'

'क्रास्टेसियन'

'हां, कछुआ...चिंगड़ी मछली...बप्पा! आंटी ने बताया, मुम्बई में नारंगी-हरे रंग की छालवाली चिंगड़ी मिलती है। तुमको पता है?'

'थोड़ा-थोड़ा, बेटा!' तुहिन ने कहा, हमारे पास आइसक्रीम-कप है न! आज हम आइसक्रीम खाएंगे, कल फलों की सलाद बना दूंगा।'

'तुम सलाद बना सकते हो?'

'बेशक! मैं बना सकता हूं!'

'मैं भी सीखूंगा...अब मैं बड़ा हो गया हूं।'

'अच्छा, तू सच्ची बड़ा हो गया है, गोह?'

गोह ने अपनी विस्मित निगाहें अपने बप्पा पर टिका दीं।

'तुम कब बड़े हुए थे, बप्पा?'

'चल, अब हम लेट जाएं। लेटे-लेटे तुझे स-ब बताऊंगा।'

रंजा! रंजा! बेटे का दोस्त बनकर बात करना किस कदर सुखद हो सकता है, यह तुम कब जानोगी? उससे हर तरह की बातें की जा सकती हैं।

खाना-पीना निपट जाने के बाद, तुहिन ने 'टेब्ल मैं साफ़ कर दूं?'

'कर दो, लेकिन देखना, कुछ तोड़-फोड़ मत देना, बप्पा!'

'नहीं, नहीं, कुछ नहीं तोड़ूंगा।'

'मइयो कहती हैं, आइसक्रीम-कप बहुत महंगे होते हैं।'

'हां, तेरी मौसी ने लाकर दिया था।'

'पता है, बाबन लोग केराला गए थे...राइसबोट पर भी चढ़े थे—'

'देखना, कल से हम भी कितने कुछ पर चढ़ेंगे...सवारी करेंगे।'

'होमवर्क भी करेंगे—'

'क्यों? बहुत ज़्यादा होमवर्क है, गोह?'

'नहीं, नहीं, सिर्फ़ दस वाक्य बनाना है।'

'इसीलिए तो तुझे इस स्कूल में भर्ती कराया है! वहां तू बंगला खूब अच्छी तरह सीख लेगा।'

गोह ने दांत साफ़ किया, कपड़े भी दिल लिए।

उसने पूछा, 'कोयाला और पांडा, बप्पा?'

'आज हम चारों जन एक साथ सोएंगे।'

'मैं अपना तकिया ले आऊं, बप्पा?'

'जा, ले आ!'

'तुम कहानी सुनाओगे न?'

'ज़रूर!'

बिस्तर पर बेटे की बगल में लेटकर, उसका बदन सहलाते हुए तुहिन ने कहा, 'तू जानता है, बचपन में हम एक विशाल नदी के किनारे रहते थे।'

'कौन-सी नदी, बप्पा?'

'रूपनारायण!'

'बिल्कुल किनारे पर रहते थे?'

'ना, गोह, थोड़ी-सी दूर पर...'

'कौन-कौन रहता था?'

'तुम्हारे दादा, दादी, मैं, तुम्हारे सुबी काका, पीलू बुआ—हम सब रहते थे।

'तुम लोग खेलते भी थे?'

'साथ-साथ खेलते-कूदते थे, खाते थे! स-ब साथ-साथ करते थे।'

'तुम लोग कितना मज़ा करते थे न?'

'हां, गोह! रूपनारायण में हम लोग नावें आती-जाती हुई देखा करते थे। मछुआरे जाल फेंक कर ईलिश मछली पकड़ते थे।'

'यह नदी कहां है, बप्पा?'

'कोलाघाट में।'

'बहुत दूर है?'

'बिल्कुल भी नहीं! एक बार हम भी चलेंगे वहां। सुन्दर-से बंगले में रहेंगे...नाव की सैर करेंगे।'

'मैं...? मुझे डर नहीं लगेगा?'

गोह की आवाज़ में नींद भरी हुई थी।

'मैं हूं न! डरने की क्या बात है?'

'तब...मैं...अच्छा, अब मैं सोने जाऊं, बप्पा? तुम्हारे बदन पर...हाथ रख लूँ?

तुहिन के बदन पर हाथ रखकर, बप्पा की अपना गावतकिया बनाकर गोह सो गया।

उस रात, तुहिन का किताब पढ़ने का मन ही नहीं हुआ! भगवान का शुक्र है कि रंजा दिल्ली चली गई, वर्ना उसका बेटा, उसके इतने क़रीब न हो पाता। वह गोह को पहचान ही नहीं पाता।

तुहिन ने भले छुट्टी ले रखी हो, लेकिन गोह के स्कूल की छुट्टी नहीं थी। गोह जो स्वयं-सम्पूर्ण बच्चा है, यह हक़ीक़त भी तुहिन पहले नहीं जानता था। वह गणित के सवाल भी खुद लगा लेता था, अंग्रेज़ी के पहाड़े रटने की ज़रूरत नहीं पड़ती थी, तुहिन के लिए यह बेहद राहत की बात थी।

उस स्कूल में बंगला और अंग्रेजी, दोनों ही माध्यम मौजूद थे। तुहिन अपने तर्क, रंजा को समझाने में कामयाब हो गया था।

'अंग्रेजी चूंकि पहली क्लास से ही पढ़ाई जाती है, इसलिए अंग्रेजी तो सभी बच्चे सीख ही जाते हैं। बंगला माध्यम से पढ़-लिखकर भी, बच्चे अच्छे रिजल्ट करते हैं, अच्छे कॉलेज में पढ़ते हैं। गोह को अंग्रेजी-मीडियम से पढ़ाने की क्या ज़रूरत है?'

गोह में कुछ भी जानने का बेहद कौतूहल था। कहानी की किताब वह पढ़ता न हो, ऐसी बात नहीं थी, लेकिन उसे ज़्यादा

शौक कहानी सुनने का था।

तुहिन बेतरह चिन्तित था कि रंजा के लिए वह उदास हो जाएगा, रंजा को खोजेगा।

लेकिन गोह ने कहा, 'हमारा फोन तो आ गया है, मइयो फोन क्यों नहीं करती, बप्पा? हम उसे फोन कर सकते हैं?'

'मुझे उसका फोन नम्बर जो नहीं मालूम!'

'लेकिन, आज तुमको, मुझे कहानी सुनाना होगी।'

'कौन-सी कहानी, गोह?'

'रिखिया, कौशिक वगैरह के बचपन की कितनी-कितनी कहानियां हैं। मेरे बचपन की कोई कहानी नहीं है, बप्पा?'

बाप-बेटे की बतकही सुनते-सुनते ही, रसोई-मौसी बोल पड़ी, 'काहे नाहीं है भला! तू' आलूभाजा' नहीं कह पाता था, कहता था आलूबाबा खाऊंगा, बैंगनबाबा नहीं खाऊंगा—'

'फिर मैं किस चीज़ से खाता था?'

'मैं तेरे लिए आलू तल देती थी।'

'अच्छा, रसोई-मौसी तुमने रसोई-पूजा फिर नहीं की?'

'वह तो सिर्फ़ एक बार होती है, गोह! जब तू बड़ा हो जाएगा, तब तुझे वह पूजा दिखाऊंगी।'

रात को अगल-बगल लेटे हुए, गोह ने सवाल किया, 'बप्पा, तुम लोगों के स्कूल में सरस्वती पूजा होती थी?'

'अरे! स्कूल में होती थी...हमारे घर में भी पूजा होती थी!

'पूजा कैसे करते थे, बप्पा?'

'मैं छोटी-सी मूर्ति ले आता था, सुबह-सबेरे, बल्कि मुंह अंधेरे ही गेंदा फूल ले आता था।'

'कहां से लाते थे?'

'हमारे पेड़-पौधों के फूल...'

'अभी कोलाघाट में?'

‘हां, गोह, फूल तोड़कर लाता, माला गूंथता था। इस पूजा में पलाश फूल और आम के बौर तो चढ़ाने ही होते हैं। यह सब सामान पुरोहित जी ही लाते थे। इसके अलावा, हम लोग अपनी पढ़ाई की सारी किताबें भी देवी मइया के पास रख देते थे। कलम-दवात पुरोहित जी अपने साथ लाते थे।’

‘दवात क्या होती है, बप्पा?’

‘पहले के ज़माने में, जब फाउंटेनपेन या डॉट पेन नहीं था, तभी से यह नियम चालू था। लिखने की स्याही, दवात में रखी जाती थी, हाथ-कलम यानी सांठी, दवात में डुबा-डुबाकर लिखा जाता था।’

‘तुम सांठी से लिखते थे?’

‘हम लोग फाउंटेन पेन से लिखते थे सरस्वती मइया के लिए पुरोहित जी कलम-दवात अपने साथ लाते थे, समझा?’

‘वाह, कितना मज़ा आता होगा न?’

‘मेरी मां, घर में ही मोवा के लड्डू लावे-गुड़ के लड्डू, ना़रियल के लड्डू वगैरह बनाती थी। दिन के वक़्त खिचड़ी खाता था, साथ मेकं बंधागोभी का घंट, बैंगनभाजा, खीर भी होती थी।’

‘मीट नहीं खाते थे?’

‘नहीं, गोह, सरस्वती पूजा और लक्ष्मी पूजा के दिन मांस-मछली नहीं खाई जाती थी।’

‘उसके बाद क्या होता था, बप्पा?’

‘अगले दिन, हम सब मिलकर, सरस्वती मइया का विसर्जन देते थे।’

‘उसी विशाल नदी में?’

‘नहीं, नहीं, वहां एक पोखर था, देवी मइया को वहीं विसर्जित करता था।

‘अगर कहीं तुम पानी में गिर जाते? बड़े लोग तुम्हें डांट नहीं पिलाते थे?’

'मुझे तैरना भी तो आता था, गोह!'

'अच्छा, मुझे तैरना क्यों नहीं आता?'

'तुम ज़रा बड़े हो जाओ, फिर लेक में तैरना सीख लेना।'

'हम लोग सरस्वती पूजा क्यों नहीं करते, बप्पा?'

'तूने ठीक कहा। इस बार मइयो को आ लेने दे, हम लोग भी ज़रूर पूजा करेंगे।'

'लेने स्कूल में भी पूजा होती है...'

'अब से घर में भी पूजा होगी और तू स्कूल की पूजा में भी जाया करना।'

'बप्पा, अब तुम मुझे कोई महा-एड्वेंचर...महा-रोमांटिक कहानी सुनाओ! सुनाओगे न, बप्पा? सुनाओ न! मइयो वापस आ जाएगी, तब तो कहानी-किस्सा बंद ही हो जाएगा। तब कहां सुन पाऊंगा?'

'क्यों, रे, गोह?'

'तब तो मैं अपने कमरे में सोने लगूंगा। तुम, मइयो और पियानो, सिर्फ़ आपस में गपशप किया करोगे।'

'अब मैं ज़्यादा गपशप नहीं करूंगा, गोह!'

'वादा?'

'वादा!'

'पता है न बप्पा, वादा करके, तोड़ा नहीं जाता, वर्ना बहोत बुरा होता है।'

'मैं वादा तोडूंगा ही नहीं—'

'अच्छा, चलो, अब मेरी पीठ सहलाओ, मैं सो जाऊंगा।'

गोह सो गया। तुहिन बेहद ग़ौर से अपने सोए हुए बेटे को देखता रहा। रंजा! रंजा! तुम्हें तो कभी फुर्सत ही नहीं मिली। तुम्हें ख़बर ही नहीं हुई, गोह कैसा प्यारा दोस्त हो सकता है! लेकिन वह बेहद

अकेला...बेहद निःसंग है, रंजा!

रंजा ने फोन ऐसे वक़्त किया, जब गोह स्कूल चला गया था।

'सच्ची, तुहिन, इससे पहले, फोन करने के लिए निकल ही नहीं पाई। तुम गोह से कहना, उसकी मइयो उसे बेहद प्यार करती है और मेरा काम जैसे ही ख़त्म होगा, मैं फौरन चली आऊंगी।'

'तुम लोगों का कामकाज कैसा चल रहा है?'

'बहुत अच्छा चल रहा है! दौड़ रहा है! गोह ठीकठाक है न?'

'बिल्कुल ठीक-ठाक! तुम फिक्र न करो।'

'तुम घर में अटक गए—'

'नहीं, हम दोनों काफ़ी मज़े में हैं।'

'रसोई दीदी, ठीक तरह काम कर रही है न?

'हां, बिल्कुल नियम से आती हैं...सब काम बिल्कुल ठीक तरह कर रही है।

उधर से अभि बीच में ही टपक पड़ा, 'तुम अब फिर फोन कर लेना, रंजा, मीटर बढ़ रहा है।'

'तुम लोग किसी बूथ से फोन कर रहे हो?'

'हां, हां, ठीक है! अच्छा, फोन छोड़ती हूं! एइ...'

'सुनो, तुम्हें फोन नहीं किया जा सकता? गोह एक बार...'

फोन रख देने की आवाज़ सुनाई दी। रंजा की आवाज़ काफ़ी खुश-खुश लगी। कमाल है! आधा घंटे पहले कर लेती तो...

अब तुहिन गोह को क्या बताएगा? मइयों ने फोन किया था। तेरी खोज-ख़बर ली? तुहिन का मन झुंझला उठा। रंजा को थोड़ा-सा तो ख़्याल रखना चाहिए था।

ख़ैर, छोड़ो! आज वह गोह को स्कूल के बाद, आंटी के पास नहीं ले जाएगा। रिखिया की मां ने बाकायदा ख़त भेजकर, आज उसे और गोह को अपने यहां आने की दावत दी है।

'यह बिल्कुल अलग ढंग का सिनेमा है, बेटू, बिल्कुल अलग

ढंग का!'

सिनिमा, चिकिन, किचिन...तुहिन की आंखें चमक उठीं! तुझे मैं बेहद प्यार करता हूं, गोह, बे-हद! तुझसे किया हुआ हर वादा मैं निभाऊंगा, गोह, हर वादा! तू देख लेना।

'रिखिया का मामा आजकल नागपुर में सच ही सन्तरों की खेती करता है। लेकिन, वह जो फ़िल्म दिखाएगा...'

'सॉरी! सॉरी! वे जो सिनेमा दिखाएंगे, वह एक छोटे-से बच्चे के बारे में है...'

'वह बच्चा क्या करता है, बेटू?'

'हाथी...!'

'हाथी?'

'हां, बप्पा!'

गोह लगभग उठा, पता है, एक ऐसी जगह है, जहां ढे-र सारे हाथी रहते हैं! हाथी का झुंड है। हाथी बप्पा, हाथी मइयो, हाथी बच्चा! उस बच्चे का नाम है—कोन्डा! कोन्डा और उसका बाप और ढेर सारे लोग, हाथियों को चराने ले जाते हैं; उनके साथ-साथ रहते हैं। कोन्डा एक गणेश हाथी के साथ रहता है। गणेश हाथी किसे कहते हैं, बोलो तो?

'ज़रूर उसके दांत होगा।'

'जानते हैं, मेरे बप्पा जानते हैं।'

मारे खुशी के गोह बिस्तर पर लोटपोट हो गया। 'रिखिया के मामा ने उसी कोन्डा का सिनेमा बनाया है, पता है?'

'तुहिन ने गोह को कन्धे पर उठा लिया, 'चल, अब मैं हाथी तू कोण्डा!'

'रसोई मौसी! ओ रसोई मौसी!'

'क्या है, गोह?'

'देखो, मैं कोन्डा, बप्पा मेरे हाथी! लेकिन बप्पा, तुम गणेश

कैसे बनोगे? तुम्हारे तो इतने-इतने दांत हैं।'

रसोई मौसी ने कहा, 'मैं तो खाना चढ़ाकर आई हूं, बेटा! ऐसी हंसी...हल्ला-गुल्ला न हो, तो घर भला घर लगता है? खूब हल्ला-गुल्ला मचा, गोह!'

'रसोई मौसी, बप्पा ने मुझसे प्रॉमिस किया है, मइयो वापस लौट आएगी, तब भी वे मेरे साथ खूब-खूब बातें करेंगे। किया है न, बप्पा?'

'प्रॉमिस!'

'हमेशा...बड़े लोगों से ही बातें नहीं करोगे न!'

'प्रॉमिस!'

तुहिन ने गोह को बिस्तर पर पटक दिया। बेड़कवर झूल गया था। गोह की टी-शर्ट भी बिस्तर पर ही पड़ी हुई थी।

बाहर जाते-जाते, रसोई-मौसी ने कहा, 'ऐसा हल्ला-गुल्ला न हो, तो घर भला घर लगता है? देखो, गोह के चेहरे पर कैसी हंसी उमड़ रही है।'

'अब, गोह साहब, हम दोनों नहाने जाएंगे।'

'मुझको जिम में भेजेंगे, बप्पा?'

'क्यों, गोह?'

'मुझे जिम नहीं भेजोगे, साइकिल खरीदकर नहीं दोगे, तब मै ख़ू-ब लम्बा-ख़ूब बड़ा कैसे होऊंगा?'

'ऐसे...!' तुहिन ने गोह को लपेटकर शून्य में उठा दिया।

'देख, अब तू मुझसे भी ज़्यादा लम्बा हो गया न?'

तुहिन को अन्दाज़ा नहीं था कि इन कई दिनों में वह और गोह कितने क़रीब आ गए थे, मानो रोजमर्रा के जीवन से चुराई हुई एक अदद छुट्टी!

रिखिया के घर पर उनकी हाउसिंग के और भी कई बच्चे पहुंचे थे।

रिखिया का मामा, तुहिन को बेहद पसंद आया। रिखिया की

मां उसे 'तंबू' नाम से सम्बोधित कर रही थी।

तुहिन को हंसी आ गई! 'तंबू...?'

रिखिया की मां की उम्र...पैंतिस-छत्तीस होगी।

उन्होंने भी हेंसकर जवाब दिया, 'उसे अरुणाम नाम से कौन बुलाए? मेरे डैडी थे जंगल महकमे में...कैम्पिंग के लिए जाते थे, तो तंबू में रहते थे। घर के कम्पाउंड में भी एक अदद तम्बू लगा ही रहता था। यह लड़का उस तंबू में घुसकर बैठा रहता था। सो, डैडी ने ही उसका नाम रख दिया—तंबू!'

उनके भाई ने कहा, 'अब नाम बदल दूंगा। लोग कहते हैं, कोई फ़िल्मी हीरोइन भी है—ताबू!'

दीदी ने कहा, तेरे तो यार-दोस्त ही तुझे 'तम्बू' बुलाते हैं। हम सब भी तम्बू में घुसकर खेलते रहते थे।

गोह ने कहा, 'मौसी! 'मौसी! पता है, मैं और बप्पा... आजकल खू-ब खेलते हैं।'

'खेलना ही चाहिए—'

'हम लोग सिनेमा नहीं देखेंगे?'

रिखिया के मामा ने जवाब दिया, 'ज़रूर देखेंगे! कोन्डा का सिनेमा है, है न, गोह बाबू?'

'हां—' गोह ने जवाब दिया।

तुहिन की निगाहें रिखिया के मामा पर लगी रहीं। कितनी उम्र होगी? तीस या बत्तिस! गोह ने ही बताया था कि रिखिया के एक मामा हैं और एक मौसी।

तीस-बत्तीस उम्र! बदन पर आधी बांह का कुर्ता और पायजामा! सिर घुटा हुआ! दाढ़ी-मूंछ तराशी हुईं! झकाझक चेहरा!

उसके मन में रिखिया के मामा के प्रति सम्मान जाग उठा।

'आप...तस्वीरें ही उतारते हैं?'

'ये तस्वीरें मैंने ही उतारी थीं। रुकिए, बच्चों को एक लेक्चर

दे लूं–'

बात करते हुए, अपनी चांद पर हाथ फेरते रहना, उसकी आदत थी।

उसने लेक्चर शुरू किया, 'हां, तो बच्चो, सुनो–'

रिखिया बोल उठा, 'बच्चों क्यों कह रहे हैं? ये है–गोह, यह दिया, यह दीपन...यह है, तोतन, दीपन का भाई! और ये हैं–चिलका! तुम इन्हें पहचानते हो?'

'चिलका, रिखिया की ही बहन थी।

रिखिया की मां ने तुहिन से कहा, 'मेरी बेटियों को नाम, तंबू न ही दिया है। सो, अपने शौक मुताबिक उसने नाम रखा है।'

'तेरा कोई बेटा नहीं हुआ, दीदी, अगर होता, तो उसे नाम देता–कोडाइकनाल! अच्छा, सुनो तुम लोग! तीन साल पहले, ये तस्वीरें मैंने बेतला के जंगल में उतारी थीं। इस फिल्म में तुम लोग जिस बच्चे को देखोगे, उसका नाम है–कोन्डा!'

'यह फिल्म आपने खुद ही उतारी?' तुहिन ने पूछा।

'हम कुछ लोगों ने मिलकर एक यूनिट बना ली। 'नो द अननोन' मतलब अनजान को जानो! इस सिरीज़ में कई फ़िल्में तैयार की गईं।'

'अब आप लोग फ़िल्में नहीं बनाते?'

तंबू ने मोहक-सी मुस्कान बिखेरते हुए कहा, 'हमारे कैमरामैन का इन्तकाल हो गया, हमारी यूनिट ही टूट गई।'

'अब आप क्या करते हैं? असल में, मुझे आपकी दुनिया की कोई जानकारी नहीं है, इसलिए महज कौतूहलवश...'

'दीदी कहती हैं, मैं इटनटॉट हूं। ना, मैं नौकरी नहीं करता। आजकल मैं और मेरा दोस्त, विक्रम जदेजा...नहीं, नहीं, वह अजय जडेजा का कोई नहीं होता। वह फल-टेकनॉलॉजिस्ट है। उसके पिता का सन्तरों का बाग़ है। मैंने तय किया है, वहीं जाऊंगा।'

‘रिखिया की मां ने कहा, ‘इटेनटॉट नहीं, तो और क्या कहूं? पिंडारी ग्लेशियर कितना पीछे चला गया है, जनाब उसकी तस्वीर उतारने चल दिए। ‘पुष्कर-मेला’ एवार्ड भी मिला है।’

‘वाह! बहुत अच्छा! हम जैसे लोग नौकरी करने और घर लौट आने के अलावा, कुछ भी नहीं जानते।’

‘आपका बेटा बेहद ब्राइट है।’

‘गोह? ब्राइट?’

गोह अचानक टपक पड़ा, ‘तुम सन्तरों के बाग़ में रहोगे? इत्ते-इत्ते सन्तरे...’

‘तुम भी चले आना! मैं सन्तरों का रास बनाया करूंगा! सन्तरे का मधु बनेगा, ढेर-ढेर मधुमक्खियां...ढेर-ढेर तितलियां... ढेर-ढेर पंछी होंगे।’

‘हम चलेंगे, बप्पा?’

‘जाना, सब जगह जाना। अभी फिल्म देख।’

‘कोन्डा’ देखकर बच्चे क्या मुग्ध!

गोह ने कहा, ‘कोन्डा के हाथी का नाम था—गणेश! उसके एक ही दांत है न?’

चिलका बोल उठी, ‘गणेश देवता के भी तो एक ही दांत हैं। मैंने पूजा के वक़्त देखा है।’

बेहद खूबसूरत-सी शाम के ये चंद घंटे। जिसका तुहिन को पहले कभी तजुर्बा नहीं हुआ था।

रिखिया की मां ने सबको घर में तैयार किया गया आइसक्रीम और केक खिलाया।

उन्होंने कहा, ‘आप लोग ज़रा दूर रहते हैं, वर्ना गोह बीच-बीच में आता-जाता रहता।’

गोह फिर टपक पड़ा, ‘जब मैं सच्ची-सच्ची बड़ा हो जाऊंगा न, तब आया करूंगा।’

'अरे, गोह, जब तुम बड़े हो जाओगे न तो तुम्हें तो मैं ले जाऊंगा।'

रिखिया की मां ने कहा, 'अभी तो तू अपनी सोच! कितने दिन तू एक ही जगह टिका रहता है, पहले यह तो देख लें।'

'कोन्डा हाथियों की बातें समझ सकता है; है न?' गोह ने सवाल किया।

'हां, समझ क्यों नहीं सकता?'

'क्या मज़ा करता होगा न...?' उसे स्कूल नहीं जाना पड़ता. ..टॉनिक नहीं खाना पड़ता...'

तंबू ने कहा, 'तुम बड़े तो हो जाओ। तब तक मैं शायद बिलिटोंगा लेक में गुलाबी सारसों की तस्वीरें उतारने चला जाऊंगा। तब मैं तुम्हें भी साथ ले चलूंगा।'

'प्रॉमिस?'

'प्रॉमिस! सचमुच, गोह मुझे बेहद प्यारा लगा, तुहिन बाबू!'

'गोह को भी आप बेहद पसंद आए हैं। यह लड़का हमेशा, हर किसी से हेलमेल नहीं बढ़ाता।'

'रिखिया की मां बता रही थी कि वह बेहद अकेला है। उसकी मां कब लौट रही हैं?'

'आ जाएगी।'

घर लौटते हुए गोह ने कहा, 'कोन्डा के क्या मज़े हैं! है न?'

'हां, जब मैं बड़ा हो जाऊंगा, तब रहूंगा।'

रंजा! रंजा! तुम दुबारा मां बनो, इसके लिए न तुम राजी हुईं, न मैंने ही चाहा। लेकिन गोह को हमने बेहद अकेला कर दिया। बे-हन्द!'

रंजा अब लौट आनेवाली थी...लौट आएगी...आएगी। तुहिन की छुट्टियां ख़त्म होनेवाली थी...ख़त्म हो जाएंगी...हो जाएंगी! इधर कई दिनों से तुहिन समूचे घर को ठीक पहले की शक्ल देना चाहता था। गोह की आंकी हुई तस्वीरें गोह ने ही सेलोटेप से हर

दरवाजे पर चिपका थीं।

'ये तस्वीरें मैंने वार्ड एटलस की तस्वीरें देख-देखकर बनाई हैं, बप्पा! देखो, यह अॅक है! बेहद ठंड प्रदेशों के समुद्र में पंख फड़फड़ाते हुए, पतवार चलाते हैं। यह लून है! देखो, देखो, यह भी जल पाखी ही हैं और यह मिउ है—समुद्र चील! अच्छा, बप्पा, मइयो ये तस्वीरें देखकर गुस्सा हो जाएगी? क्या वह डांटेंगी कि गोह ने सारा घर गंदा कर रखा है?'

नहीं जानता, तुहिन नहीं जानता। वह तो महज इस सोच में डूबा हुआ था कि रंजा ने टेलीफोन पर जो कुछ कहा, वह क्यों कहा? क्यों कहा?

'सुनो, हम लोग शायद पच्चीस को लौट रहे हैं! वैसे टिकट अभी हाथ में नहीं आई है।' रंजा ने फोन पर कहा!

'अच्छा, लो, गोह से बात करो—'

'अरे, वह आंटी के यहां नहीं गया?'

'ना! आंटी के यहां...अच्छा, जब तुम आओगी, तब बताऊंगा! लो, गोह से बात करो!'

गोह ने फोन ले लिया।

'हां...अच्छा हूं—'

'.................'

'आज? आज मैं और बप्पा चिकिन चाउमिन खाऊंगा...'

'.................'

'इस्कूल तो जा रहा हूं। मैं और बप्पा...ओ...!' फोन रखकर, गोह अपने कमरे में चला गया।

तुहिन ने दुबारा फोन उठा लिया।

'रंजा?'

'बात क्या है? तुहिन? गोह ने अभि को एक बार 'हलो' तक नहीं कहा?'

'असल में वह तुम्हारी आवाज़ सुनने के लिए ही...ठीक है, टिकट मिल जाए, तो ख़बर करना। मैं अब अपनी छुट्टियां बढ़ा नहीं सकूंगा...'

'ठीक है!'

तुहिन पांव दबा-दबाकर, गोह के कमरे में दाख़िल हुआ। गोह पेट के बल लेटा हुआ था। उसने अपने चेहरा हथेलियों से ढंक रखा था।

'क्या हुआ, गोह?'

गोह ने सिर हिलाकर जताया, उसे कुछ नहीं हुआ।

तुहिन ने उसे चित लिटा दिया, अगले ही पल, उसे गोद में उठा लिया।

'आंखों में आंसू क्यों हैं? जो बच्चा मोआ चिड़िया, नीलकंठ पाखी आंक सकता है, उसकी आंखों में आंसू?'

'मइयो ने यह क्यों कहा कि पियानों को 'हलो' कहो? मुझसे तो मइयो ने बात ही नहीं की। चिकिन-चाउमिन के साथ फ्रूट-कस्टर्ड भी खाऊंगा, मेरी यह बात भी उसने नहीं सुनी—'

'समझ गया। लेकिन एक बात तो बताओ, रिखिया के मामा किसके दोस्त हैं?'

भींगी-भींगी-सी कमजोर आवाज गूंज उठी, 'मे-रे!'

'बम्बई से वह टाइटेनिक की तस्वीरवाला कार्ड उन्होंने किसे भेजा था?'

'मुझे?'

'चलो, आंसू पोंछो! आठ पांवों वाले हाथी की तस्वीर किसने मांगी है?'

'तंबू...मा-मा!'

'सुनो, तुमने सिर्फ़ हाथी ही नहीं आंके, कितने-कितने पंछी भी तो आंके है! ये तस्वीरें...मैं और तुम...बड़े एहतियात से उखाड़

लेंगे। हमारी चीज़, हर कोई क्यों देखे? दरवाजे पर किसी ने हाथ रख दिया, तो झट् से मैला भी तो हो सकता है।'

'तब, मैं क्या करूं, बप्पा?'

'हम दोनों गोह बाबू का एलबम तैयार करेंगे, ठीक है? कल ही हम चलकर, प्लास्टिक के ढेर-ढेर खानोंवाले, ब-ड़ा-सा एलबम खरीदेंगे। ढेरों खानों में, ढेरों तस्वीरें होंगी।'

'तुम कितने बुद्धू हो, बप्पा?'

'क्यों? क्यों?'

उत्तेजित मुद्रा में गोह, तुहिन की गोद से उतर पड़ा।

'यह है न...मेरे स्कूल-फंक्शन का एलबम एक-एक खाने में अगर दो-दो तस्वीरें भी रखें, तो सब तस्वीरें दिखाई पड़ेंगी है न? हम सारी तस्वीरें, इसी तरह रखेंगे—'

'अरे, हां! ठीक कहा! तूने ठीक कहा, अच्छा, चल, चल, आज हमें ढेर सारे काम हैं—'

'हां, क़मीज...चादर...स-ब इस्त्री के लिए देना है।'

'तू यह क्या बना रहा था, गोह?'

'तुम सरस्वती पूजा कर रहे हो, इत्ते-इत्ते सारे गेंदा-फूल...यह सब मइयो को नहीं बताना होगा, बप्पा? यह...एक... सर...प्राइज़ है, बप्पा!'

'मेरे बाल क्या ऐसे हैं?'

'तुम तो स्कूल में पढ़ते हो। तुम्हारी मां ने मेरे बालों की तरह... कुट्टी-कुट्टी करके...काटा नहीं?'

'काटा तो था—'

'बप्पा, इस बार जब मइयो फोन करेगी, तब मैं पियानो को 'हलो' बोल दूंगा, तुम सुन लेना।'

'अच्छा, चल, हम फ्लावर-शो देखने चलते हैं—'

'सच्ची? सात्यकी काकू लोगों ने क्या सचमुच खूब सारे

ग़मलों में...खूब सारे फूल रखे हैं?'

'बेहद-बेहद खूबसूरत फूल हैं...।'

'हम अपने बरामदे में फूलों के गमले कब सजाएंगे?'

'स-ब कर डालेंगे! लेकिन फ़िलहाल तो हम...'

'दो-स्त!'

'हां, पक्के दोस्त हैं!'

मइयो की गैर हाज़िरी में गुज़ारे हुए दिन, गोह को हमेशा-हमेशा के लिए याद रह गए थे।

उन दिनों रिखिया के मामा, मां, रिखिया और चिलकास, बेहाला में स्थित किसी परिचित के यहां जाते हुए, गोह के यहां जो आए थे।

उसे याद है! बिल्कुल याद है।

हाथी की तस्वीर देखकर, तंबू मामा, बेतरह ख़ामोश हो गए। उनकी आंखें काफ़ी देर तक, उस तस्वीर पर गड़ी रहीं।

थोड़ा ठहरकर उन्होंने तुहिन से कहा, 'दीदी मुझे इटेनटॉट कहती हैं। लेकिन डिक्शनरी कहती है कि इटेनटॉट अफ्रीका की एक आदिम जाति है। अंग्रेज साहब लोग इस शब्द को 'गाली' के तौर पर इस्तेमाल करते थे।'

'तंबू, तूने मुझसे कुछ कहा?'

'हां, री, दीदी, बंगला में इटेनटॉट तो उसे कहते हैं, जो डांव-डांव घूमते-फिरते हैं। असल में, मैं घुमन्तू स्वभाव का हूं। आज एक काम करता हूं, कल दूसरा! मेरे ज़्यादा दोस्त नहीं है। गोह, मैं तुम्हारा दोस्त बनना चाहता हूं।'

गोह ने हाथ बढ़ा दिया, 'प्रॉमिस?'

'प्रॉमिस!'

तुहिन ने कहा, 'तंबू बाबू, आपके नाम के साथ 'बाबू'

लगाना कैसा तो लगता है!...ख़ैर, आप सोच-समझकर वादा कीजिएगा। वादा तोड़नेवालों को गोह कभी माफ नहीं करता।'

तंबू मामा ने एक कागज पर अपना पता-ठिकाना लिख दिया।

उन्होंने कहा, 'मैं चाहे जहां भी रहूं, यह मेरा लेटर-बॉक्स है। चिट्ठी लिखी जाए, तो मुझे मिल जाएगी और दो-छः-नौ महीने ही सही, मैं भी जवाब भी दूंगा।'

'तुम मेरा ठिकाना तो नहीं जानते। बप्पा, तुम्हारे पास तो कार्ड है न। उस पर मेरा नाम लिखकर इन्हें दे दोगे?'

तुहिन ने उन्हें पता दे दिया।

'हमारे सेक्शन में सबके पास कार्ड मौजूद हैं। मेरे एक सहकर्मी का बेटा, छपाई का काम करता है, इसलिए हम ही उसके पहले ग्राहक बन गए। आपका रहना-सहना क्या बम्बई में है?' तुहिन ने पूछा।

'वो कैसे? इस वक़्त तो मैं आपके सामने हूं! हूं या नहीं? जिनका ठिकाना आपको दिया है, वह शालिनी और जी आर पुसालकर, मेरे दोस्त हैं! हम काफ़ी पुराने दोस्त हैं। साल में कई बार...मतलब दस-बारह बार वहां जाता हूं। वहां मेरा एक लेटर-बॉक्स है और वहीं मेरे कुछ दिनों के पड़ाव का अता-पता भी है।' तंबू मामा ने कहा।

रिखिया की मां ने कहा, 'पुष्कर-मेले की तस्वीरें उतारकर, लौटते समय उनकी गाड़ी की टक्कर हो गई, जिसमें उनके बेटे अजय ने भी दम तोड़ दिया...'

'वह साउंड-रिकॉर्डिस्ट भी था! बेहद काबिल साउंड रिकॉर्डिस्ट!'

वे लोग एक-एक प्याली चाय पीकर ही चले गए।

रिखिया की मां ने कहा, 'कभी-कभी मेरे पास चला आता है...'

रंजा, तंबू कोई फालतू नौजवान नहीं है। वह बिल्कुल अलग

क़िस्म का लड़का है। मैं तो दंग रह गया हूं। वह गोह को अपने दोस्त के तौर पर पाना चाहता है। मुझे तो यही लगा है कि गोह बिल्कुल अलग-थलग बच्चा है। जिसे हम अक्सर समझ नहीं पाते।

उस दिन, तंबू ने एक बात कही थी, 'बच्चों का सम्मान करना चाहिए! उन्हें अहमियत देनी चाहिए—'

रंजा तुम्हें लौटकर, गोह को वक़्त देना होगा। उसकी तरफ़ ध्यान देना होगा। मैंने वादा किया है! गोह को वचन दिया है।

सुनो, मेरा और तुम्हारा जीवन, गोह के लिए ही इर्द-गिर्द घूमता है। हम लोगों के रहते, वह अपने को इतना निःसंग क्यों सोचे? यह बच्चा सोचता ज़्यादा है, बोलता कम है।

6

कितना अच्छा हुआ, जो मइयो इतवार को लौट आई! फोन पर उसने कहा था कि स्टेशन आने की ज़रूरत नहीं! लेकिन ऐसा कैसे हो सकता है? गोह की मइयो कितनी दूर से आ रही है, गोह भला स्टेशन नहीं जाएगा?

मइयो के आने से एक दिन पहले, पूरे मकान की साफ़-सफाई का काम चल रहा था।

रात को गोह ने तुहिन से कहा, 'मेरे सोने से पहले, तुम ज़रूर-ज़रूर, मेरे पास बैठकर बातें करोगे, बप्पा!'

'ज़रूर! ज़रूर! फर्ज़ कर, अगर मैं भूल जाऊं?'

'एक दिन तुम, एक दिन मइयो...! अच्छा, बप्पा, बचपन में, मां ने भी घर पर सरस्वती पूजा की है?'

'तुम मेरी हंसी उड़ रहे हो?'

'ना, गोह! उस ज़माने में सभी लोग-बाग अपने-अपने घर में

सरस्वती पूजा करते थे। तेरी मइयो भी ज़रूर करती होगी।'

'अब क्या नहीं करते। रिखिया, राजर्षि, कौशिक...इसके बाद इना...हर किसी के घर में सरस्वती पूजा होती तो है।' थोड़ा ठहरकर उसने अगला जुमला जोड़ा, 'बाबन और तितली के यहां भी पूजा होती है। सिर्फ़ हमारे ही घर में...'

'देखना, अगले साल से ही हम भी पूजा करेंगे।'

अचानक गोह ने कहा, 'बप्पा, ट्रेन आ रही है। राजधानी एक्सप्रेस सबसे अच्छी ट्रेन है, बप्पा?'

'हां, सबसे अच्छी ट्रेन है। एक्प्रेस ट्रेन जो है...'

'जो ट्रेन आंधी-तूफ़ान की तरफ़ दौड़ती है?'

'.............'

'और पैसेंजर ट्रेन, बप्पा?'

'हर जगह रुकते-रुकते जाती है।'

'लो, ट्रेन आ गई—'

तुहिन ने गोह का हाथ कसकर पकड़ लिया। गोह अपनी लाल रूमाल हिलाता रहा। लाल रूमाल में फूल और बेलून छपा हुआ था। गोह के पास रूमाल थे—लाल, हरा, पीला और नीला!

'मइया—' गोह ज़ोर से चीखा, मगर अगले ही पल खामोश हो गया।

रंजा और अभि, एक साथ ही आगे बढ़े। गोह पर नज़र पड़ते ही, रंजा लगभग दौड़ कर आई और उसने गोह का अपनी छाती से लिपटा लिया।

तुहिन ने सुना, गोह ने पियानो को 'हलो' कहा।

'हलो, गोह बाबू!'

'क्यों, रे, तुम दोनों स्टेशन क्यों आए?'

'चलो, चलो, बाकी लोग कहां हैं? तुहिन ने पूछा।

रंजा ने छूटते ही जवाब दिया, 'वे लोग कल कालका मेल से आ

रहे हैं। मैं ही लौटने के लिए बेचैन हो उठी। राजधानी की दो टिकट मिल गई, सो वही सही। लीला'दी भी हमारे साथ ही आती, मगर उसने ढेर-ढेर सामानों की खरीदारी की है...ख़ैर, ढेरों बातें हैं...'

'तुम लोगों का मिशन कामयाब?'

'बे-हद कामयाब! कितने रुपयों का ऑर्डर मिला है, पता है? बिक्री भी बढ़-चढ़कर हुई। अरे, गोह, तू ज़रा लम्बा हो गया है, तुझे ख़बर है?'

'अभी तो और लम्बा होऊंगा! बप्पा से भी ज़्यादा लम्बा...'

'जैसा बाप, वैसा बेटा! कोई तकलीफ़ तो नहीं हुई?'

'सब कुछ, घर चलकर सुनना—'

'मइयो, तुम्हारे लिए, बप्पा किराए पर एक टैक्सी लेकर आए हैं।'

'तुहिन?'

'भई, रोज़-रोज़ तो ऐसा नहीं करता। आज ज़रा...अच्छा, चलो! अभि, तू क्या करेगा?'

'सीधे अपने डेरे पर! तुम लोग जाओ। मैं घर लौटते ही... दफ़्तर निकल जाऊंगा।'

'शाम को आ रहे हो न?' रंजा ने पूछा।

'नहीं! दो-तीन दिन बाद आऊंगा। बाइ, गोह!'

'बाइ!'

स्टेशन से बाहर निकलते-निकलते दुबारा कहा, 'किराए पर गाड़ी क्यों ली?'

'हम लोगों का मन हुआ, इसलिए...'

रंजा, बेटे को गौर से देखती रही। ना, उसका बेटा दुबला नहीं हुआ। अपने बप्पा की उंगली, कसकर थामे हुए, वह चल रहा था।

'हाय मां, घुटने पर यह स्टिकिंग प्लास्टर क्यों है?'

'इस्कूल में गिर पड़ा था।'

'बहुत ज़्यादा कटा है?'

'ज़रा-सा! टेड्वैक ले ली है...रोया बिल्कुल नहीं! अब दर्द भी नहीं है–'

'बुखार तो नहीं आया?'

'हल्का-सा भी नहीं–'

'.........'

'अचानक गोह ने सवाल किया, 'तुमने फोन पर उतनी कम बात क्यों की?'

रंजा हंस पड़ी, 'दिल्ली से टेलीफोन पर ज़्यादा बात करने से...'

'इत्तने-इत्तने रुपए लगते हैं...'

'अरे, गोह बाबू तो स-ब जानते हैं–'

'मैंने और बप्पा ने तारामंडल देखा। रामायण-महाभारत के पुतुल देखे...! निक्को पार्क तो नहीं गया, लेकिन फ्लावर-शो ज़रूर देखो...और रिखिया लोगों के घर पर 'कौन्डा' देखा–'

गाड़ी पर माल लादते हुए, तुहिन ने पूछा, 'यह सूटकेस और बैग तुमने ख़रीदा?'

'हां, जब हम बाहर भी आएं-जाएंगे, तो यह काम आएगा। वैसे भी, बाहर आते-जाते हुए, ज़रा खूबसूरत बैग-टैग ज़रूरी होता है।'

चलती हुई गाड़ी में, रंजा ने ज़रा पसरते हुए, बात आगे बढ़ाई, 'बाप रे बाप! दिल्ली भी...कमाल की जगह है! सारा कुछ, इतनी दूर-दूर है न...।'

'मइयो, कलकत्ता अच्छा है या दिल्ली? गोह ने पूछा।

'सैर के लिए दिल्ली अच्छी है, रहने के लिए कलकत्ता! वहां बार-बार यही सोचती रही कि कब वापस-जाऊंगी। बेहद परेशानी होती है वहां। वह तो शुक्र है कि अभि साथ गया था–'

'देखो, देखो, मइयो, यह रहा तारामंडल!'

'अभि ही तो तुझे और तितली को लेकर आया था यहां। तब नहीं देखा था?'

गोह खामोश हो गया। उसकी निगाहें बाहर सड़क पर जा गड़ीं।

'अभि ने तेरे लिए एक शिकारी-बन्दूक ख़रीदी है! खिलौनेवाली बन्दूक!'

'शिकार करना बुरी बात है। हमारे स्कूल में प्रदर्शनी लगी थी। हम सबने कहा...क्या कहा था, बप्पा?'

'वन्य प्रणी...'

'हां, हां, नहीं मारेंगे।'

'देश की सम्पदा–'

'पशु-पाखी को...'

'प्यार करो–'

तुहिन ने गोह का हाथ अपने हाथों में ले लिया।

रंजा ने कहा, 'आ जा, अब ज़रा मेरे पास आ जा! इतने दिनों अपने बप्पा के पास ही तो था...?'

गोह ने जमुहाई लेते हुए जवाब दिया, 'अब मैं और बप्पा दोस्त हैं। बप्पा अब रोज़-रोज़ हमें कहानी सुनाएंगे।'

'मैं भी तुझे लाल क़िले की कहानी सुनाऊंगी।

'किला क्या सचमुच लाल रंग का है?'

'हां, गोह, सचमुच लाल रंग का है।'

'हम भी लाल क़िला देखेंगे, है न बप्पा?'

'ज़रूर देखेंगे! दिल्ली, आगरा, मथुरा, वृन्दावन–सारी जगहें देखेंगे! उसके बाद?'

'उसके बाद, राजस्थान! वहां ऊंट की सवारी करेंगे। ऊंट को क्या कहते हैं, बताओ तो, मइयो?'

'तू ही बता! अब तू कितना जानकार हो गया है।'

'रेगिस्तान का जहाज! मैंने भी ऊंट आंका है।'

'उसके पांव कितने हैं?'

गोह चुप!

'क्यों, रे, उस हाथी की तरह तो नहीं?'

गोह ने कोई जवाब नहीं दिया।

तुहिन ने कहा, 'गोह की तस्वीरों के बारे में अब कोई हंसी-मज़ाक नहीं, भई, आजकल बहुत बड़े-बड़े लोग उसके दोस्त बनना चाहते हैं...

'बप्पा ने मेरी बनाई हुई तस्वीरों का एक एलबम बना दिया है। अब मैं 'बैठो और आंको...पति...क्या कहते हैं, बप्पा?'

'प्रतियोगिता!'

'हां, प्रतियोगिता में तस्वीर बनाऊंगा–'

'समझ गई। तुम सिर्फ़ सैर-सपाटे करते रहे और तस्वीरें बनाते रहे...आंटी के पास भी नहीं गए। लिखाई-पढ़ाई में...

'आह, रंजा, तुम चुप करोगी? इतने दिनों बाद...'

गोह ने सड़क की तरफ़ नज़रें गड़ाये-गड़ाये ही कहा! आंटी के बाबू जी...डाइड! मर गए।'

'अरे...!'

'अब से बप्पा मुझे पढ़ाएंगे...और...क्लास-टेस्ट में मैं अंग्रेजी... और इतिहास में फर्स्ट आया हूं...'

उनका घर आ पहुंचा।

7

घर पहुंचकर, गोह ने अपनी मइयो की तरफ़ सहमी-सहमी निगाहों से देखा। मइयो क्यों उसकी दोस्त नहीं बनना चाहती? उसने सेलोटेप से दरवाजे पर तस्वीरें चिपकाई थीं। उन तस्वीरों को उतार लेने के बाद, कहीं वहां निशान तो नहीं रह गया?

घर में रसोई मौसी तो मौजूद ही थीं।

रंजा को देखते ही उसने मंतव्य किया, 'आपका चेहरा कितना निखर आया है। इश्श्...कितनी दूर का सफ़र तय करके आ रही हैं।'

'हां, ज़रा चाय तो बनाओ, दीदी।'

'चाय तो तैयार है! टेबिल पर बैठने भर की देर है—'

'तुम नहा लो न!' तुहिन ने कहा।

'बाद में नहाऊंगी! राजधानी ट्रेन में किसी तरह की धूल-गन्दगी नहीं होती...बस, हाथ-मुंह पर छींटें मार लेती हूं।'

'खाना तो खाएंगी?'

'हां, दीदी!'

लेकिन खाने के लिए बैठते ही, सामने अंडे और चीज़ भरकर, तली हुई डबल रोटी देखकर रंजा ने सवाल किया, 'सुबह-सुबह, ऐसी तली हुई चीज़ क्यों हैं? क्यों, तुहिन, गोह को तुम लोग यही सब खिलाते हो?'

तुहिन ने हड़बड़ाकर जवाब दिया, 'यह सब गोह को बेहद प्रिय है। उसी के कहने पर, यह तैयार किया गया है।'

'ख़ैर, खाने में तो स्वाद ही लग रहा है—'

'मइयो, दिल्ली में सुबह-सुबह तुम क्या खाती थीं?'

'जिस दिन, जो भी मिल गया—आलू के पराठे, गोभी के पराठे...वहां सब मिलता है।'

'रहने को अच्छी जगह मिल गई थी?'

'अभि ने अच्छा ही इन्तज़ाम कर दिया है। रुको तो...गोह के लिए जो लाई हूं...'

'मइयो दिल्ली में तुमने जन्तर-मन्तर देखा?'

'बिना देखे उपाय था भला? हम सबने मिलकर, एक सरकारी टूरिस्ट बस ले लिया था...समूची दिल्ली देखी।'

'इस बार तुम तस्वीरें ज़रूर उतारना, बप्पा! जब हम लोग दिल्ली जाएंगे...तब तस्वीरें उतारोगे न?'

'तेरे लिए मैं ढेर सारे फोटो-पोस्टकार्ड ले आई हूं।'

'इत्ता-बड़ा सूटकेस, मइयो?'

रसोई मौसी बोल पड़ी, 'जब सब लोग मिलकर जाएंगे, तो बड़ा सूटकेस तो लगेगा ही—'

'दिन के लिए क्या खाना पकाया है, दीदी?'

'सरसों की मसालेदार पबला मच्छी और केले के थोड़ का घंट!'

'और रात के लिए?'

'वही, गोह की पसंद की मुर्गी...और...'

'बाप रे! घर लौटकर मानो प्राण जुड़ा गए।'

'सुनिए, किसने तो फोन किया था...हां, याद आया, तितली की मां ने। पूछ रही थी, आप आज आ रही हैं या नहीं...'

'यह अभि भी अजीब है! अपने घर में ख़बर भी नहीं दी कि वह कब पहुंच रहा है...?'

रंजा ने कहा, 'कमाल है! अभि तो अब तक अपने घर पहुंच भी गया होगा।'

'ट्रेफिक...जाम...वह भी तो होगा न, बप्पा?'

'हां, जाम ही होगा। ले, एक और टोस्ट खा ले। सुनो, गोह बाबू को अब मक्खन, उबले आलू के साथ खाना खिलाने से नहीं चलेगा, रंजा! अब वह रोज़! मछली-भात खाकर स्कूल जाता है।'

'और, बप्पा, टिफिन?'

'हां, रोटी-सब्जी...पूरी-सब्जी...सैंडविच...केला...'

यानी हमारी 'रूटीन तुम लोगों ने खारिज कर दी?'

गोह ने हड़बड़ाकर जवाब दिया, 'नहीं, नहीं, सैंडविच लेकर जाता हूं! चीज़ सैंडविच!'

'चाय पीकर जान में जान आई। अब ज़रा नहा लूं। अरे... नहीं, नहीं, पहले गोह का प्रजेन्ट!'

गोह के लिए फोटो-पोस्टकार्ड, एक कुर्ता-पायजामा, टैंक

खिलौना! चाबी देकर छोड़ते ही घों-घों की आवाज़ के साथ गोल-गोल घूमने लगता था। इसके अलावा, एक स्टाम्प एलबम और एक खूबसूरत-सा बैग!

'बप्पा! देखो, इसमें क्या लिखा है?'

'अरे, हांऽ; जब तू हवाईजहाज में बैठकर जाएगा न, कंधे पर यह बैग झुला लेना और चल देना!'

'धत्त् हवाईजहाज से कहां जाऊंगा? तुम लोग ही कभी प्लेन में नहीं चढ़े, तो भला मैं...' थोड़ा ठहरकर उसने अपनी बात पूरी की, 'कौशिक अपने मां-बाऊ जी के साथ, प्लेन में चढ़कर, बम्बई गया है।'

मइयो ने कहा, 'कोशिक के बाऊ जी कस्टम अधिकारी हैं.. .वह अपने बीवी-बच्चे को प्लेन में घुमा ही सकता है।'

'छिः रंजा, कौशिक, गोह का दोस्त है।'

'क्यों? मैंने कोई झूठ कहा?'

'ना! ये सब बातें मैं तुम्हें नहीं करने दूंगा। मैं तुमसे बाद में बात करूंगा—'

गोह को आज भी याद है...अपना वादा निभाने के लिए उसके बप्पा ने कितनी-कितनी कोशिश की थी! उसी दिन गोह के बारे में, उसकी बगल में लेटे-लेटे, बप्पा ने पूछा, 'आज तूने कहानी सुनाने को नहीं कहा?'

'बप्पा, राजधानी में क्या सब लोग नहीं चढ़ सकते? गोह ने सवाल किया।

'दिल्ली पहुंचने के लिए ढेरों ट्रेनें हैं, गोह! जनता, कालका, पूर्वा...कितनी ही ट्रेनें! राजधानी बेहद अच्छी ट्रेन है...इसीलिए किराया ज़रा ज्यादा है।'

'कोई बात नहीं! हम दूसरी-दूसरी ट्रेन से जाएंगे।'

'पता है, हम क्या करेंगे? कुंडू स्पेशल की ट्रेन से जाएंगे... खूब सैर करेंगे।'

'वह कैसी ट्रेन होती है, बप्पा?'

'उसमें कमाल का इन्तज़ाम होता है, मालूम? हम बस, रुपए चुका देंगे। वे लोग भी दिल्ली, आगरा, मथुरा, यहां तक कि जयपुर भी घुमा देंगे।'

'हम खाएंगे कहां?'

'सारा इन्तज़ाम वे लोग ही करेंगे। चल, एक बार तो घूम आएं। उसके बाद...धीरे-धीरे...और भी ढेरों जगहों की सैर करेंगे।'

'बचपन में तुम लोग काफ़ी घूमते थे, बप्पा?'

'बीच-बीच में अपने बापू के साथ कलकत्ता आता था—स्कूल के दोस्तों के साथ माइथॉन भी गया हूं! शांतिनिकेतन भी!'

'माइथॉन डैम?'

'हां, रे, पता है...कितना टलू-टलू पानी था वहां!'

'तुम उसमें तैरे हो, बप्पा?'

'ना, गोह, वहां कोई तैरता नहीं। वहां नाव की सैर की जाती है! नौका-विहार!

'ठीक है। अब तुम सो जाओ, बप्पा! मैं थोड़ी देर किताब पढ़ूं? अच्छा, नहीं, नहीं, कोयाला और पान्डा के साथ सो जाता हूं।'

'ठीक है, गोह, गुड़नाइट!'

'बप्पा!'

'क्या बात है, गोह?'

'तुम और मइयो झगड़ा मत करना। मुझे डर लगता है! तुम दोनों झगड़ा नहीं करोगे न?'

'कभी नहीं!'

'प्रॉमिस?'

'प्रॉमिस!'

बत्ती बुझाकर और ज़ीरो पावर बल्ब जलाकर, कमरे से बाहर निकलते-निकलते, तुहिन सोचता रहा...रंजा को समझाना जरूरी है

कि गोह बिल्कुल अलग तरह का बच्चा है। वह इतना अलग-अलग है कि तंबू तो उसे फ़ौरन पहचान लिया। इन कुछ दिनों और वह गोह के साथ-साथ न होता, तो तुहिन उसे कभी, किसी दिन भी ठीक-ठीक नहीं पहचान पाता।

ज़ाहिर था, उसके मइयो-बप्पा अगर बहुत ज़्यादा देर तक अभि के साथ वक़्त गुज़ारते थे, तो गोह को अच्छा नहीं लगता। उसके कोई दोस्त नहीं है! वह बेचारा बेहद अकेला है।

अगले ही दिन कोई ऐसी घटना हो गई कि तुहिन बेतरह अचम्भित रह गया।

दफ़्तर में आहना का फोन आया।

'तुहिन'दा, तुम्हारे दफ़्तर के बाद, किसी दिन वहीं, मैं तुमने भेंट करने आऊंगी। मुझे तुमसे कुछ बातें करनी हैं–'

'किसी दिन घर ही चली आओ न!'

'घर पर तो अभि ही जाता है, वही जाए। वैसे भी फिलहाल मैं रंजा से कोई बात नहीं करना चाहती...'

'क्या बात है, आहना, क्या हुआ?'

'मुझे भी क्या पता? अभि के बारे में जब भी कुछ लगा है, मैं तुम्हारे पास ही दौड़ जाती हूं–'

'ख़ैर, वह तो आओगी ही!'

'तुम बहुत अच्छे सलाहकार हो! ऐसे ही जाने कितने ही लोगों की तुमने मदद की है।'

'ठीक है! तुम कब आओगी?'

'बता दूंगी। सुनो, यह बात उसे मत बताना।'

'नहीं, नहीं, जितनी भी बात होती है, वह तो...'

'वह तो उन्हीं दोनों की होती है...यही न? मैं जानता हूं।' उसी गांगेयी के बारे में न?

'तुम लोगों के यहां इतनी-इतनी देर तक बना रहता है।

तितली को उसके पिता का साथ बिल्कुल नहीं मिलता।'

'यह बात तो मैं भी उससे कहता रहता हूं, लेकिन वह सुनता ही नहीं...'

'असल में, मां-बाप दोनों का फर्ज़ मैं निभा नहीं पा रही हूं। सिंगल पेरेंट होने के बिल्कुल ही काबिल नहीं हूं। बिल्कुल अयोग्य हूं।'

'ये सब बातें क्यों उठ रही हैं, भई?

आहना कुछ देर को खामोश हो गई।

थोड़ा ठहरकर उसने फिर कहा, 'किसी दिन आऊंगी तुम्हारे यहां...। गोह को मेरा प्यार देना!'

'हां, ज़रूर दूंगा।'

तुहिन को कहीं अचरज भी हुआ। लेकिन, उसने ख़ास ध्यान नहीं दिया। आहना बेहद स्वाभिमानी, मूडी, बेहद अधिकारप्रवण है। यह कोई नई बात नहीं है।

रंजा को यह बात बताए? या न बताए?

तुहिन ने कुछ नहीं बताया।

'तंबू मामा, मैं जिस पोस्टकार्ड में तुम्हें ख़त लिख रहा हूं, उस पर दिल्ली की कुतुबमीनार की तस्वीर है! इस पर मैं एक 'चैट' चिड़िया भी बनाई है। बकबकिया चिड़िया! इसके पंखों में मैंने हरे रंग भर दिया है।'—गोह!

उस ख़त पर उसके बप्पा ने पता-ठिकाना लिख दिया। गोह सफ़ेद कागज़ पर ठिकाना लिखने का अभ्यास करता रहा।

'तंबू मामा, मेरा दसवां जन्मदिन मनाया जानेवाला है। बप्पा अभी भी मेरे दोस्त हैं।'—गोह'

गोह ने ख़त में लिखा था—'बप्पा अभी भी मेरे दोस्त हैं लेकिन उसे अन्दाज़ा हो चुका था कि दोस्त रहने में बप्पा को काफ़ी परेशानी हो रही है। बप्पा-मइयो-पियानो! बप्पा और पियानो!

पियानो और मइयो। लेकिन बड़े लोग तो बड़े लोगों के दोस्त हो नहीं सकते। बड़े लोग तो हमेशा झगड़ते रहते हैं। लेकिन बप्पा, गोह को सफाई देते थे कि वे लोग झगड़ नहीं रहे थे, आपस में बातचीत कर रहे थे।

बप्पा अपने सारे वादे निभा नहीं पा रहे थे। अब से आंटी नहीं, बप्पा ही पढ़ाएंगे, यह बात बप्पा ने मइयो से कही ज़रूर, लेकिन मइयो खुश नहीं हुई।

बप्पा ने गोह से कहा, 'ज़रा ज़्यादा नम्बर आने दे, तब हम एलान कर देंगे—'

'क्या करेंगे, बप्पा?'

'हम कह देंगे, हम घर पर ही पढ़ेंगे—'

'मैं 'फर्स्ट' नहीं हो सकता।'

'मैं भी फर्स्ट नहीं आता था। तेरी मइयो भी फर्स्ट नहीं होती थी! ठीक है, गोह?'

'हां, ठीक है!'

'बड़ा होकर तू क्या बनेगा, गोह?'

'तंबू मामा की तरह...'

'इटेनटॉट होगा?'

'नहीं, मैं घुमन्तू बनूंगा। हाथियों की फ़िल्म बनाऊंगा... सुन्दरवन के पाखियों पर फिल्म बनाऊंगा...भारतपुर के पंछियां की तस्वीरें आंकूंगा।'

'भारतपुर नहीं, भरतपुर!'

'भरतपुर! वहां क्या राम का भाई, भरत रहता था...? नहीं...नहीं...भरत रहते थे?'

'पता नहीं—'

'तुम भी नहीं जानते?'

'जानकर बताऊंगा—'

8

दसवां जन्मदिन! जन्मदिन के मौके पर गोह ने मइयो-बप्पा की बातें खूब ध्यान लगाकर सुनीं!

'जन्मदिन पर सिर्फ़ खीर...समझीं, रंजा? इस बार रिखिया, चिलूका, उनके मां-बाप, कौशिक, अभ्र, शुभ्र...'

'सबके मां-बाप...'

'हां, मां-बाप। कम से कम मां अगर साथ नहीं आई, तो बच्चे आएंगे कैसे? तुम भी तो गई हो, उन लोगों के घर!'

'सारा इन्तज़ाम तो मुझे ही करना होगा—'

'जन्मदिन पर सिर्फ़ खीर...क्योंकि शुक्रवार पड़ा है! इतवार को सबको दावत दे दो।'

'सुनो, इस बार घर पर कुछ नहीं करूंगी, समझे?'

'तो क्या करोगी? दुकान में ऑर्डर दोगी?'

'नहीं? देखूं, मुहल्ले के 'अमृत केटरिंग' को यह जिम्मा सौंपा जा सकता है या नहीं?'

'का-फी ख़र्च पड़ जाएगा।'

'अभि भी तो ख़र्च शेयर करने को राजी है।'

गोह चुप मारे बैठा रहा।

'रंजा, तुमको कई-कई रातों से यही समझाने की कोशिश कर रहा हूं। ऐसे वक़्त में, गोह को उसके मां-बाप चाहिए! अभि हमारा दोस्त है, ठीक है! लेकिन गोह के जन्मदिन पर अभि रुपया देगा, अमृत केटरिंग खाना सप्लाई करेगा, यह बेहद...बेहद अपमानजनक है! गोह को भी यह कभी मंजूर नहीं होगा। वह बेहद सेंसिटिव बच्चा है। उसमें सम्मान-अपमान का बोध बहुत ज़्यादा है।'

'ख़ैर, छोड़ो, इतना सीरियस होने की कोई बात नहीं है। ऐसा कुछ नहीं हुआ।'

'फर्ज करो, तितली का जन्मदिन हो और उसकी दावत में खाने-पीने का इन्तज़ाम हम करें, ऐसा भला सोच सकते हैं? नहीं, नहीं, तुम्हें तकलीफ़ करने की ज़रूरत नहीं। खीर उसकी रसोई-मौसी ही पका देगी और मीट मैं पका दूंगा! फर्स्ट क्लास!'

'आख़िरी बार कब पकाया था?'

'हमारे विवाह के बाद, याद नहीं है? गोश्त, डबलरोटी और चमचम! अहा, क्या पार्टी हुई थी।'

'अरे, वह तो जाने कब...जमाने पहले।'

'मुझे तो लगता है, जैसे अभी उसी दिन की बात है। वैसे, पिछले दिनों, जब तुम यहां नहीं थीं, मैंने और गोह ने अपूर्व 'चिकिन' पकाया था।

'गोह ने भी पकाया था?'

'दोनों ने मिलकर! इसलिए खीर रसोई मौसी पका देगी।' उसने अगला वाक्य जोड़ा–'इतवार को चिकिन मैं पकाऊंगा। मटर डालकर, बासमती चावल का ख़ासा फुरफरा भात! रसोई-मौसी दाल और आलू के पतले-पतले कतले तल देगी। गोह! सुन जा, गोह, क्विक मार्च! भागकर आ–'

गोह दौड़कर आ पहुंचा।

'सुन लिया न सब? हां, और क्या बनेगा?'

'आइसक्रीम!'

'बस्स! खाने का इन्तज़ाम पक्का! और कुछ कहना है, मैडम? और कोई फर्माइश?'

रंजा हंस पड़ी, भई, बाप-बेटे ने मिलकर, सब कुछ तो कर डाला, अब, मैं क्या कहूं?'

'तुम मेरे दोस्तों के लिए गिफ़्ट खरीदोगी–' गोह ने कहा।

उस वक़्त भी...उस वक़्त भी बप्पा ने फर्माइश नहीं तोड़ी। वह दिन था, सन् 1993 का चौथा मार्च! मार्च महीने में, उन दिनों

गर्मी नहीं पड़ती थी। गोह के लिए गहरे नीले रंग की हाफपैंट और सफ़ेद कमीज खरीदी गई थी। गोह किसी हाल भी कुर्ता-पायजामा पहनने को राज़ी नहीं हुआ। बस, हाफपैंट-क़मीज़-जूते, मोजे। रात के वक़्त पायजामा और बांह-कटी बनियान!

मइयो ने कहा, 'गोह का जन्मदिन गुज़र जाने दो, उसके बाद, घर में रंग-रोगन कराऊंगी। मकान रखना है, तो रंग-रोगन भी कराना होगा।'

गोह ने अपनी पसंद सुनाई, 'मेरे कमरे में वही का वही रंग रहेगा, मइयो! मुझे वही रंग पसंद है।'

'तू न बिल्कुल पगला है।'

'नहीं, वही रंग मुझे पसंद है।'

'भई, तेरी पसंद ही तो सबकुछ है। तेरे लिए ही तो घर में सरस्वती पूजा शुरु हुई।'

'यह पूजा ढे-र, ढे-र दिन करना होगा, वर्ना मेरी लिखाई-पढ़ाई अच्छी नहीं होगी।'

'यह तो बहुत अच्छी बात है।'

गोह ने कहा, 'तुम लक्ष्मी-पूजा भी कर सकते हो। रसोई मौसी भी तो लक्ष्मी-पूजा करती है। रिखिया की मां करती है... सॉरी, करती हैं...''

'ना, गोह, अब यह लक्ष्मी-पूजा-टूजा मेरे वश की बात नहीं है। जब मैं अपने ही घर में नहीं करती थी, तो...'

'सरस्वती पूजा भी नहीं करती थी? बप्पा तो करते थे—'

'करती थी...बचपन में...बहुत-बहुत पहले!'

'मेरी सरस्वती जी की मूर्ति लॉफ्ट में धरी है। बाद में, किसी दिन मैं और बप्पा जाकर, उसे बड़ी गंगा में विसर्जित कर देंगे' गोह ने कहा।

'कर देना! मैं तुझे हस्तशिल्प मेले से खूबसूरत-सी पीतल की सरस्वती ख़रीद दूंगा।'

'धत्त्! तब तो उनका विसर्जन नहीं हो सकेगा।'

'ठीक है! वह मूर्ति तेरे कमरे में सजा दूंगा।'

'मइयो, अगली बार तुम कहां जाओगी?'

'अभी तो कहीं नहीं...देखती हूं...'

'लेकिन पहले, हम सब एक साथ जाएंगे।'

'कहां?'

गोह ने एकदम से उछल-कूद शुरू कर दी, 'दिल्ली जाऊंगा! राजस्थान जाऊंगा! ऊंट पर चढ़ूंगा! हाथी देखूंगा!!! बहुत...बहुत कुछ देखूंगा। मैं, तुम और बप्पा, हम तीनों जन!'

'हां, गोह, मैं तुम और बप्पा!'

'बप्पा ढेर-ढेर तस्वीरें खीचेंगे।'

'फोटो तो तू खुद ही खींच सकेगा...बस, सीख लेना...उसके बाद तू भी...'

'फोटो उतारने लगूंगा? तंबू मामा की तरह?'

रंजा को अन्दाज़ा हो गया और तंबू मामा के प्रति उसे ख़ासी जलन भी होने लगी। वह दिल्ली में आख़िर कितने-से दिन रही? गोह, आख़िर कितने दिनों रिखिया के तंबू मामा से मिला-जुला था?

वह इतना सगा हो गया?

तुहिन ने उसे फिर-फिर समझाया, 'गोह को कोई दोस्त चाहिए। घर में कोई छोटा बच्चा है नहीं। गोह का मन काफ़ी कल्पनाप्रवण है! बेहद भावुक बच्चा है पांच साल की उम्र में, खिड़की से जल-मंथर मेघ देखते-देखते उसने कहा था—ये बादल समुन्दर बन गए हैं। देखो, देखो, मइयो, जैसे समुन्दर में कोई जहाज बहता जा रहा हो।'

गोह को नितान्त किसी अपने की ज़रूरत है! किसी साथी की! रंजा की गैर-हाजिरी में तुहिन थोड़ा-बहुत उसका दोस्त बन गया था। वह भी काफ़ी तकलीफ़ उठाकर काफ़ी कोशिशों के बाद,

तुहिन उसका विश्वास अर्जित कर सका था।

रंजा ने सवाल किया, 'वह क्या मेरा भरोसा नहीं करता?'

'वह मेरी तरह नहीं है। तुम्हारी तरह भी नहीं है। मैं उसे हमेशा अहमियत देते हुए, उससे बातें करता हूं! बिल्कुल बड़ों की तरह! तुम भी उसे समझने की कोशिश करो। तुम्हें अच्छा लगेगा।'

'मां क्या अपने बच्चे को नहीं समझती?'

'बचपना तो करो मत! जब तुम यहां नहीं थीं, गोह ने एक दिन भी तुम्हारा नाम नहीं लिया। लेकिन, कैलेंडर पर हर रोज निशान लगाता रहा। रेलवे का नक्शा तुमने देखा है?'

'हां, चिड़ियों का सेटलस...रेलवे का नक्शा...'

'वह बच्चा नक्शा देखता रहा और यह समझने की कोशिश करता रहा कि राजधानी एक्सप्रेस कौन-सी जगहों से होकर आती है।'

रात में खाना खाते-खाते, गोह ने कहा, 'मइयो को ही चिकिन पकाने दो न, बप्पा! तुम मइयो की तरह थोड़ी न पका सकते हो!

यह सुनकर रंजा की छाती खुशी से भर उठी थी।

दसवां जन्मदिन! उम्र का दसवां जन्मदिन! आज तुम्हारा जन्मदिन है! तुम्हें ढेर-ढेर प्यार! खुश रहो, 'सकुशल रहो! यही हमारा आशीर्वाद है।

खाना-पीना, दावत भले इतवार को हो, लेकिन गोह का जन्मदिन तो आज ही है।

स्कूल से लौटकर गोह को बेहद अप्रत्याशित खुशख़बरी मिली।

तंबू मामा का ख़त!

सचमुच का ख़त! दोस्त ने ख़त लिखा था! उसके बंधु का ख़त!

'मैं यह ख़त अपने एलबम में रख दूंगा, बप्पा! किसी को भी हाथ नहीं लगाने दूंगा।'

उसने गंभीर मुद्रा में खीर खाई। रसोई मौसी ने उसे डिब्बा

रंगीन चॉक दिया।

'तू आंकता है न! लक्ष्मी जी की एक तस्वीर आंक देना! मैं दीवार पर टांग दूंगी। देख, खूब मन लगाकर आंकना।' रसोई मौसी ने कहा।

गोह का समूचा दिन खूबसूरत हो आया।

लेकिन जन्मदिन के जश्न की शाम बिल्कुल अलग ही रंग में ढल गई।

मइयो ने चिकिन पकाया था। रसोई मौसी ने मटर डालकर, बासमती चावल के फुरफुरे भात पकाए। टमाटर डालकर, मसूर दाल और आलू की कुरकुरी भुजिया। भुजिया हॉटकेस में नहीं रखा जाता, सील जाता है।

बप्पा ने कहा, 'भुजिया हम बना लेंगे, दीदी! आप रवाना हो जाइए। आज आप यहां रुक तो नहीं पाएंगी।'

गोह ने कहा, 'मौसी, कल तुम यहीं खाना खा लेना, ठीक है?'

'लेकिन दीदी तो चिकित खाती नहीं!' मइयो ने कहा!

'अरे, दिन में कित्ती बड़ी पाबूदा मछरी खाई! गोह रे, ऐसी मछरी बड़े जमाने से नहीं देखा था–'

गोह और बप्पा ने रंगीन कागज़ काट-काटकर, फूल और चेन बनाया था।

'कितना सुन्दर-सा जन्मदिन है न, बप्पा?'

'वरुणा, बाबन को लेकर तीन बजे ही आ पहुंची। मौसी एक बड़ी-सी किताब लाई थी–एलीफैंट एटलस! उसमें बड़ी-बड़ी तस्वीरें उसके नीचे-नीचे लिखा हुआ था। मौसी ने उस किताब पर लिखा था–'हमारे कोन्डा को, उसकी मौसी की तरफ़ से!'

उस दिन मइयो ने बालों में शैम्पू किया था। शाम को नई साड़ी पहननेवाली थी।

बप्पा ने कहा, 'अभि तो अभी तक आया नहीं।'

'आएगा! कुछ देर से सही, ज़रूर आएगा।'

गोह मन ही मन इस क़दर खुश था कि उसने तय किया था कि पियानो को देखते ही वह, 'हलो पियानो' कहेगा। अब तो मइयो-बप्पा और गोह एक ही दल में शामिल हो गए थे। वह पियानो को 'हलो' क्यों नहीं कहेगा? पियानो अगर कोई उपहार देगा, तो भी वह हंसते-मुस्कराते क़बूल करेगा। पियानो दिल्ली से जो हवाईजहाज़ लाया था, जिसे टांगकर चाबी भरते ही, भों-भीं की आवाज़ के साथ गोल-गोल घूमने लगता था, आज वह खिलौना भी बाहर के कमरे में झूल रहा था।

ठीक उसी वक़्त दरवाज़े की घंटी बजी।

'अरे, अब कौन आया?'

दरवाजा बप्पा ने ही खोला था।

'वाह! अहना आई है! आओ, आओ! तितली कहां है? और अभि?'

'तितली अपने मामा के यहां है। तितली के पापा कहां है? और अभि?'

गोह और बाबन मानो बेजान बुत बन गए। गोह का चेहरा गोल हो आया। आंखों में विस्मय!

'आओ, आहना, बैठो! आज गोह का जन्मदिन है।'

'वेरी सॉरी! मैं तो आपसे ही बात करना चाहती थी, मगर आप इतने कायर निकले कि मुझे वक़्त ही नहीं दिया।'

'वक़्त नहीं मिला, मेरा विश्वास करो!'

'विश्वास कैसे करूं?'

'बैठो तो सही! पहले थिर होकर बैठो। धीरे बोलो, आहना! आज गोह ...'

'जन्मदिन है! वेरी सॉरी! फिर भी मैं सारी बात कहकर ही जाऊंगी। तुम उठने की कोशिश मत करो, रंजा।'

मइयो ने कहा, 'मेहरबानी करके आवाज धीमी करो, आहना!

आज गोह का...'

'बिल्कुल तितली के बाप के लहजे में बोल रही हो। ख़ैर, तुमसे मुझे कुछ नहीं कहना है। तुहिन' दा पर मुझे हमेशा से भरोसा रहा! वे हमेशा बड़े भाई की तरह हमारी मदद करते रहे...मैं उनको ही सारी बात बताऊंगी और चली जाऊंगी।'

वरुणा ने हड़बड़ाकर कहा, 'चल, गोह, चल, बाबन, हम गोह के कमरे में चलें—

गोह वहां से टस से मस नहीं हुआ। वरुणा बाबन को लेकर बाहर निकल गई।

'सुनो, अहना, रोओ मत!'

'आपने सोचा होगा, दिल्ली में वे लोग इकट्ठे रहते थे...?'

'तुम कहना क्या चाहती हो?' रंजा ने कड़ककर पूछा।

'सुनो, तुहिन'दा, सबकी टिकट कटाकर, ये दोनों जब...हां, अभि और रंजा ने...दो दिन आगरा में गुज़ारा...फिर दिल्ली गए... और राजधानी में वापस लौटे।'

'आहना—'

'सोचा था, मैं नहीं बताऊंगी। अभि ने मुझसे काफ़ी-वाफी मांगी...इसलिए सोचा, चुप ही रहूंगी। लेकिन, उसके बाद? गांगेत्री कोऑपरेटिव में अभि की इतनी दिलचस्पी क्यों है, आप नहीं समझते?'

'नहीं, अहना, जो कुछ तुम कह रही हो...उसकी मुझे बिल्कुल जानकारी नहीं है।'

'अभि...अपने बाप से उसे जो फ्लैट मिला था, उसे बेचकर, कितने रुपए मिले थे, उसमें से कितने रुपए उठाकर उसने गांगेत्री कोऑपरेटिव में लगा दिए? दिन-दिन भर वहां और आपकी आंख में धूल झोंकने के लिए हर शाम यहां...'

तुहिन दोनों हाथों से अपना सिर पकड़कर बैठ गया।

'अभि को मैंने काफ़ी मौका दिया...अब यह 'ओपेन स्कैंडल'

बन चुका है! खुलेआम यह अफवाह है...इनका दस साल का बेटा है, उन हज़रत की बेटी भी दस साल की होने वाली है और ये दोनों इश्क कर रहे हैं—'

आहना अब तक कमरे में चक्कर लगा रही थी, अब स्थिर खड़ी हो गई...'

'उस आदमी ने रंजा में क्या देखा, वही जाने। मैं फ़ैसला करके आई हूं, कल मैं अभि को घर से निकल जाने को कहूंगी। मैं तो ख़ैर उसे तलाक दूंगी ही, मैंने उसे भी ललकार कर कहा है—अगर हिम्मत है, तो दोनों प्राणी तलाक लो...ब्याह करो...इकट्ठे रहो न! मेरा फ्लैट, मेरे नाम पर है। वहां वह नहीं रह सकता।'

तुहिन ने काफ़ी दूर से, बेहद मरी-मरी आवाज़ में कहा, 'विवाहित ज़िन्दगी में इस क़िस्म की ग़लतफ़हमी...यह तुम दोनों का निजी मामला है...इसमें मैं क्या करूं...?'

'पुराने दिनों की तरह बड़े भाई सजकर, मुझे सलाह देने चले हैं? मेरी बात सच है या झूठ, रंजा को ही पूछ देखें न! नहीं, तुहिन'दा मैं काफ़ी बेइज़्ज़त हो चुकी! काफ़ी तौहीन हो चुकी मेरी! बाप होकर भी नहीं है! ऐसी हालत से तितली को मुक्ति मिले। अब और सहन नहीं होता। हमारे घर में हर कोई उसे बोल-बोलकर...समझा-समझाकर...वैसे वह अपनी तरफ़ से बात करने का मौका ही नहीं देता। घर में वह रहता ही कितनी देर है?'

'इस तरफ़ तुम एकतरफ़ा बयान देकर हरगिज नहीं सकती। शुरू से ही तुम दोनों में...'

तुहिन अपनी आदत के खिलाफ़ चीख उठा, रंजा, तुम चुप करोगी?'

उसने आहना से भी कहा, 'अभि मेरी ज़िन्दगी में क्या है, यह मैं जुबान से नहीं बता सकता। ठीक है, अब तुम तशरीफ़ ले जाओ...मैं...मैं अभी भी सोच नहीं पा रहा हूं। तुम सिर्फ़ शक़ की

बुनियाद पर यह बात...'

'ऐसा आपको लगता है! रंजा क्या सफ़ाई देगी, यह तो वही जाने...'

आहना बाहर निकल गई। तुहिन ने सिर उठाया। गोह की आंखें बप्पा पर गड़ी हुई थीं।

सारा कुछ निःशब्द सुनते हुए, वरुणा दबे पांव कमरे में दाख़िल हुई।

'चली गई?' उसने पूछा।

'हां—! सुन, वरुणा, बाबन को लेकर तू जा!' तुहिन ने कहा।

'आज गोह का जन्मदिन है, तुहिन'दा! सब लोग आते होंगे...बच्चे भी...'

'मैं क्या करूं, वरुणा?'

'गोह क्या करे? अपने दोस्तों को चले जाने को कहे? आहना'दी तो हमेशा से ही ऐसी हैं...शक्की! तपाकी! हिस्टीरिक! दीदी, तुम जाओ, भई, तैयार हो लो। गोह को तो यहीं रहना है...उसके स्कूल के दोस्त जो आ रहे हैं...कल उनके साथ हमारा गोह क्लास भी करेगा...। सच्ची, दीदी, मुझे कभी, किसी दिन भी ऐसा नहीं लगा कि तुम ऐसी हो! हैरत है! आज बच्चे का जन्मदिन है और...'

'मुझे जन्मदिन नहीं मनाना...' गोह छिटककर, उठ खड़ा हुआ।

उसने तुहिन से कहा, 'तुमने अपना वादा तोड़ दिया, बप्पा! तुम सब होते बुरे हो...बहुत-बहुत बुरे! महा-बुरे!'

वह अपने कमरे में चला गया और बिस्तर पर मुंह गड़ाकर पड़ा रहा!

बाबन ने पूछा, 'एइ, तू रो क्यों रहा है? बड़े लोग तो हर वक़्त यूं ही चीखते-चिल्लाते रहते हैं। मेरे पापा...मां से जैसी बातें करते हैं, अगर तू सुने...'

'मैं सुनना नहीं चाहता।'

9

दसवें जन्मदिन पर, अगर मौसी मौजूद नहीं होती, तो पता नहीं क्या होता? गोह मानो टूटकर दो टुकड़े हो गया था! वह दो-दो गोह बन गया! वह अपने को भी देख पा रहा था...बाकी सब लोगों को भी!

उसने देखा, बप्पा ने सिर-दर्द दूर करने की दो-दो गोलियां निगल लीं। उसके बाद, हाथ-मुंह धोकर, बालों में कंघी फेरकर, वे कमरे में उसके सामने आ खड़े हुए! गिफ़्ट पैकेट में पिगी बैंक और दस-दस टॉफियां! वे पैकेट बुकशेल्फ पर रखते हुए!

मौसी मइयो को साथ लेकर, उसके कमरे में चली गई। कमरे में मइयो ने बाल संवारे और सुन्दर-सी एक साड़ी पहनकर, बाहर निकल आई। नीली हाफपैंट और सफ़ेद शर्ट में, खुद गोह, पत्थर का बुत बनाहुआ! मौसी का हाथ कसकर थामे हुए, वह बैठा रहा!

मौसी उसे बार-बार तसल्ली देती रही, 'सब ठीक हो जाएगा, गोह! स-ब!'

'अब यह कैसे मुमकिन है, मौसी! अभी थोड़ी दूरे पहले बप्पा और मइयो मेरे दोस्त थे। अब, इस घर में मेरा कोई दोस्त नहीं रहा। अब मैं क्या करूं?'

बप्पा भी धोती-कुर्ता पहनकर कमरे में दाख़िल हुए! गोह ने गौर किया, बप्पा भी हाथ-मुंह पर पानी के छींटे देकर लौटे हैं!

बाबन ने उसके कान में फुसफुसाकर कहा, 'पता है। ये बड़े लोग हमेशा बाथरूम में जाकर रो लेते हैं। मेरे पापा, मां को खूब झाड़ लगाते हैं। मुझे भी सुनाई देता है। मां बाथरूम में जाकर रो लेती है। उसके बाद आंख-मुंह धोकर लौट आती है।'

गोह के कानों तक उसकी कोई बात नहीं पहुंची।

'पता है, जब वे दोनों ज़ोर-ज़ोर से चिल्लाने लगते हैं, तो मैं भी और ज़ोर से चीखकर—मैं सो नहीं पा रहा हूं! अगले ही दिन

पापा मेरे लिए गिफ़्ट ले आते हैं...मां मुझे निक्को पार्क घुमाने ले जाती है, आया समझ में?'

गोह अचम्भित निगाहों से बाबन की तरफ़ देखता रहा।

मौसी ने गोह की हथेली कसकर थाम ली, 'गोह, सब कुछ ठीक-ठीक तरह करना होगा–'

'तुम आज रात यहीं रहो न, मौसी!'

मौसी ने फुसफुसाकर कहा, 'तेरे मौसा को आ लेने दे। उनसे पूछ देखूं, उसके बाद बताऊंगी। रुक जा, ज़रा म्युजिक ऑन कर दूं। क्यों ठीक है न?'

गोह ने सिर हिलाया। तितली की मां कमरे में कैसे गुस्से में झनकती-हुंकारी चक्कर काट रही थी! जैसे साक्षात् बाघिन हो! मइयो का चेहरा कैसा तो हो आया था...

–मइयो, तुम बड़े लोग ऐसा क्यों हो? और बप्पा? बप्पा ने अपना वादा नहीं निभाया। उन्होंने अपनी प्रॉमिस तोड़ दी! वे अपनी प्रॉमिस पर क़ायम नहीं रहे। अब उसे कोई साथी कहां मिलेगा? तंबू मामा तो जाने कहां की सैर पर निकले हुए हैं। तंबू मामा तुम मुझे भी घुमक्कड़ बना लोगे?

अचानक दरवाज़े की घंटी बज उठी।

अभि के हाथ में बड़ा-सा पैकेट! बप्पा, मइयो, मौसी, सभी लोग पत्थर के बुत बने हुए! निश्चल!

गोह सुनता रहा, उसने अभि को 'थैंक यू, अंकल' कहा। थैंक यू!

'हैपी बर्थडे, गोह बाबू!'

'थैंक यू!'

बप्पा गोह की तरफ़, उस तरह विस्मित निगाहों से क्यों देख रहे हैं?

वरुणा ने कहा, 'बैठिए, अभि'दा!'

तुहिन ने भी कहा, 'बैठो–'

रंजा ने कुछ नहीं कहा!

'आहना आई थी?'

सब लोग ख़ामोश!

'आज मैं ज़रा व्यस्त हूं, तुहिन! आज बैठूंगा नहीं! डिनर फिर कभी...'

ठीक उसी वक़्त कई-कई क़दमों की टुप्-टुप् आहट! रिखिया, चिलका, उनके मां-बाप कमरे में दाख़िल हुए!

रिखिया और चिलका ने समवेत स्वर में कहा, 'हैपी बर्थडे, गोह, ले, गोह! तेरा प्रजेन्ट! यह एक दुरबीन है! दूर की सब चीज़ें, क़रीब चली आती हैं।'

'थैंक यू, रिखिया! थैंक-यू चिलका!'

वरुणा और रंजा, दोनों ने उनका स्वागत किया, 'आइए, आइए!'

रिखिया की मां ने कहा, 'तंबू इन लोगों का मामा है। उसने गोह को अपना 'दोस्त' कहा है। इन लोगों का कहना है—गोह को, 'गोह मामा' कहेंगे।'

'यह बाबन है, मेरा भाई! गोह ने परिचय कराया।

'तुझे वह 'दादा' कहता है?'

'चिलका तुझे 'दीदी' कहती है?'

रिखिया और उसके दोस्तों की समवेत हंसी गूंज उठी।

गोह ने बताया, 'तंबू मामा ने मुझे 'मछलीरांगा' की तस्वीर भेजी है।'

दोनों बहनों ने समवेत स्वर में कहा, 'भई, असली दोस्त तो तुम दोनों ही हो! हम लोगों को तो उन्होंने कुछ नहीं भेजा—'

उसी वक़्त, कौशिक और उसकी मां, कमरे में दाख़िल हुए।

'तुझे मैंने येऽ बड़ी ड्राइंग-कॉपी गिफ़्ट की है। मेरी मां ने कहा है, तू हम लोगों की पोट्रेट आंकेगा।' कोशिक ने कहा।

उसकी मां ने भी कहा, 'कितना लायक बच्चा है गोह! आकजल भी किसी बच्चे को किताबें भेंट की जा सकती हैं; ड्रॉइंग-कॉपी दी जा सकती है, यह ख़्याल भी भला लगता है! आप लोगों का गोह, हमारा भी बेहद प्रिय है, जानती हैं?'

मइयो हंस पड़ी, 'थैंक यू!'

वरुणा ने छूटते ही कहा, 'मणि'दी...! इस वरुणा को पहचानती है? जिसने आपका गाना सुनकर, आपको ख़त लिखा था? मैं वही वरुणा हूं।'

'वही तो! मुझे भी लगा, सूरत बेहद जानी-पहचानी है। अब तुम इतनी खूबसूरत हो गई हो कि पहचानना मुश्किल है।'

'यह है, मेरा बेटा, बाबन!'

'इसका कोई भला नाम नहीं है?'

'आदित्यवाहन! लेकिन ऐसे नाम तो कोने में घेरे रहते हैं...'

'गोह का नाम बेहद प्यारा है!'

अभ्र और शुभ्र की मां आ पहुंची। गोह उसके साथ आराम से काफ़ी धूम-धड़ाका मचाता रहा!

रिखिया का बहुत मन था, वह डार्करूम खेले।

उसकी मां ने बरज दिया, 'बिल्कुल नहीं! तुम लोगों के 'डार्करूम' खेलने का मतलब है, कमरे की चीज़ों की तोड़-फोड़!'

उन्होंने रंजा से भी कहा, 'ये लड़कियां भी...जन्मदिन पर 'डार्करूम' खेलने की ज़िद ज़रूरत करती हैं और खेल-खेल में फूलदान या टेबललैंप, कुछ न कुछ ज़रूर तोड़ेंगी।'

अभ्रद्युति और शुभ्रद्युति, अब सिर्फ़ अभ्र और शुभ्र!

रिखिया ने पूछा, 'उनका नाम तो अब बदल जाएगा, है न?'

उन दोनों की मां ने कहा, 'अरे, कुछ मत पूछें, गोह की मां! मेरे ससुर भी ऐसे हैं न...सिर्फ़ जन्मपत्री देखना, शशि-गणना करना और हिसाब-किताब के अनुसार नाम रखना! एक वक़्त उनका

नाम था—देव ज्योति और दिव्यज्योति! उसके बाद हुआ—अभ्रद्युति और शुभ्रद्युति! अब कहते हैं, जनेऊ के वक़्त उनका नाम देंगे—मिलिन्द और कनिष्क!'

'आप लोग एतराज नहीं करते?' वरुणा ने पूछा।

'भई, वे संस्कृत के प्रोफेसर थे! काफ़ी प्रतिष्ठित हस्ती हैं! ज्योतिष वगैरह भी काफ़ी करते हैं।' तुहिन ने कहा।

'गोह नाम काफ़ी खूबसूरत है।'

तुहिन की आवाज़ कैसी तो हो आई, 'असल में अवनीन्द्रनाथ की 'राजकहानी' पढ़कर, मैंने उसका नाम रखा था—

अभ्र-शुभ की मां ने बताया, 'मैं थी कुन्तला, हो गई असन्धति! सास जी ने बेटी का नाम बदलने नहीं दिया। उसका नाम जयिता था, वही रहा।'

'शुभ के पिता बच गए?'

'क्लास वन से लेकर आठवीं क्लास तक, पांच बार उनका नाम बदला गया। आख़िरकार उन्होंने बग़ावत कर दी। उन्होंने कहा—अ से अरुणाभ, ई से इरावान, क से कौस्तुभ, व से विचित्रवीर्य, न से नीलाम, उसके बाद, फिर क पर लौटकर कुणाल नाम दे दिया। सो, इन्होंने विद्रोह कर दिया।'

वरुणा हंस पड़ी, 'भीकी, रॉकी, तूमवा, दीपन—इस आधुनिक पॉप युग में वे लोग बड़े-बड़े नाम टिकाए रख सकेंगे?'

'ससुर साहब को समझाए कौन? बच्चों के बाप कहते हैं, जब उनके बाप स्वर्ग चले जाएंगे, तो तुम लोगों का नाम पवन और गगन कर दूंगा।'

'वे लोग कुछ नहीं कहते?'

'वे बच्चे हैं, अभी इतना नहीं सोचते।'

'संयुक्त परिवार है न!'

'एक ही बिल्डिंग में एक के बाद एक, चार फ्लैट हैं। बड़ी

ननद ने ब्याह नहीं किया, वे मां-बाप के साथ रहती हैं। लाइफ इंश्योरेंस में नौकरी करती है। इन तीन भाइयों के भी तीन फ्लैट हैं। अपना पुराना पुश्तैनी मकान प्रमोटर को सौंपकर, मेरे बड़े जेठ ने ही यह इन्तज़ाम कर दिया।'

'ससुर रिटायर्ड हो गए हैं न?'

'उनकी ज्योतिष की किताब खूब चलती है।'

'आजकल इन्हीं सबका तो ज़माना है।' वरुणा ने कहा।

गोह समझ रहा था, मइयो-बप्पा, कोई भी सहज नहीं हो पा रहा था। पियानो के दिए हुए एरोप्लेन में किसी ने चाबी भर दी थी। एरोप्लेन गोल-गोल घूमता रहा। घूमता रहा! मइयो, बप्पा से आंख नहीं मिला पा रही थी। बप्पा गोह की तरह बिल्कुल नहीं देख रहे थे। मौसी बस, कोशिश पर कोशिय किए जा रही थी।

गोह ने मौसी का हाथ दबाया—तुम परेशान न हो, मौसी, अब मैं बड़ा हो गया हूं। तुम बिल्कुल फ़िक्र न करो! मैं तुम लोगों जैसा बड़ा नहीं हूं! बड़े लोग किसी हाल में भी अपनी प्रॉमिस पूरी नहीं करते।

'मौसी, उन लोगों को खाने को कहो न!'

वरुणा ने हंसते हुए कहा, 'अब हम लोग क्या करेंगे, बोलो तो?'

रिखिया की तेज़ आवाज़ गूंज उठी, 'अन्ताक्षरी खेलेंगे...हम सब मिलकर...'

रिखिया की मां को ठीक अन्दाज़ा हो गया, मइयो दो-दो बार उठ गई, आंख-मुंह धोकर लौट आई।

बप्पा ने कहा, 'यह खेल तो छोटे बच्चे खेलते हैं—'

'नहीं जनाब, बड़े भी खेलते हैं—' वरुणा ने कहा। 'खेलते हैं—'

'अच्छा, तुम लोग खेलो, मैं सुनता रहूंगा।'

'मैं क्या करूं?' बाबन ने सवाल किया।

'तू गिफ़्ट पैकेट देना—' गोह ने समझाया।

'धत्त्! वह तो बाद में देते हैं। अभी कैसे...? बर्थ-डे केक काटते हैं न?'

यह कहने जा रहा था—इतना बड़े हो जाने के बाद भला कोई केक काटता है? वह तो 'सिनीमा' में काटते हैं। मैंने और रसोई-मौसी ने एक दिन एक सिनेमा में देखा था।

बप्पा-मइयो ने एक-दूसरे की तरफ़ देखा।

अचानक सीढ़ी पर परिचित पांवों की आहट सुनकर बाबन चीख उठा, 'आ गए, पापा आ गए।'

जोजो, (मौसा का नाम जोजो क्यों है? बड़ों का नाम क्या ऐसा होता है?) गोह के मौसा कमरे में दाख़िल हुए! हाथ में एक अदद भारी-भरकम डिब्बा!

'हाज़िर है, बर्थ-डे केक!'

एक गोह सारे नियम निभाता रहा, दूसरा गोह सिर्फ़ देखता रहा।

वरुणा ने अपनी साड़ी का आंचल, कमर में खोंस लिया और बड़े एहतियात से वह भारी-भरकम डिब्बा, सेंटर-टेबल पर रख दिया।

'मोमबत्ती?'

'स-ब लाया हूं, तुहिन'दा! भई, मैं ठहरा वरुणा का बेभाव आज्ञाकारी प्रजा! गोह, ये मोमबत्तियां देख रहे हो? बम्बई, टूर पर गया था...कि वरुणा का फोन...! देखा, हर मोमबत्ती कितनी खूबसूरत है! ये दस खरगोश हैं, गोह! कैसे हप्पू से बैठे हुए हैं।'

सेंटर टेबल पर केक रख दिया गया। इतना खूबसूरत केक, गोह ने पहले कभी नहीं देखा। इस घर में कभी केक भी नहीं काटा गया। अतिशय ख़ूबसूरत चॉकलेट क्रीम केक! मानो कोई गाढ़ा बादामी रंग का अद्भुत गुलाब!

वरुणा ने सारी मोमबत्तियां जला दीं।

मौसा चीख उठे, रुको, मैं तस्वीरें ले रहा हूं।

गोह देखता रहा। वह फूंक मारकर मोमबत्ती बुझा रहा है।

सबसे पहले मौसी! उनके पीछे-पीछे उसके सारे दोस्त गा उठे—'देते हैं, तुम्हारे जन्मदिन पर उपहार, तुम्हें ढेर-ढेर प्यार!'

गोह ने केक पर छुरी बिठाई। गोह को अहसास हो गया था कि उसके मइयो-बप्पा हंस नहीं पा रहे थे। कहीं से सहज भी नहीं हो पा रहे थे। वे दोनों बस, नाटक किए जा रहे थे।

लेकिन, गोह नाटक नहीं कर रहा था। उसकी आंखें बस, मौसी की आंखों का पीछा कर रही थीं। दोनों की आंखों में सवाल-जवाब! ना, मौसी, गोह अपने दोस्तों को कुछ भी जानने-समझने नहीं देगा।

उसके बाद तो महफ़िल जम ही गई...बिल्कुल जम गई! मइयो आलू तलने चली गई। सफ़ेद-सफ़ेद, कुरमुरे, कुरकुरं आलूभाजा!

प्लेट में खाना लेकर, सब अपनी-अपनी पसन्द-मुताबिक, जगह चुनकर बैठ गए और सबने खाना शुरू कर दिया। आज मौसा ने भी कितना काम किया! वे प्लेट ले आए...सबको आइसक्रीम बांटा।

'अगले जन्मदिन पर क्या हंगामा होगा, गोह बाबू?'

'नहीं, मौसा, अब इस तरह का जन्मदिन कभी नहीं मचाया जाएगा। अब मैं बड़ा हो गया हूं।'

चिलका ने कहा, 'लेकिन, हम तो आएंगे।'

'ज़रूर आना! यह तो तुम्हारा ही घर है—' तुहिन ने कहा।

ना बाबा, यह तो बड़े लोगों का घर है! बड़े-बुजुर्गों का घर! अब तो मैं भी बड़ा हो गया हूं—गोह ने मन ही मन सोचा।

जोजो ने कहा, 'अमाज़िंग! ग़ज़ब! मैं गाने गाता था, तस्वीरें आंकता था, कितना कुछ करता था। बाबन इज़ नथिंग! कुछ भी नहीं करता। तुम लोगों ने कुछ नहीं किया, मगर गोह कितना टेलेन्टेड, कितना अमाज़िंग...ग़ज़ब का बच्चा है!'

'बाबन तो अभी काफ़ी छोटा है—' तुहिन ने कहा।

'गोह...अमाज़िंग!

गोह देखता रहा, वह मौसा का हाथ पकड़कर आग्रह करता

रहा, 'आज मौसी यहीं रह जाए?'

'ओह, गोह, आज नहीं! आज नहीं। कल भोर की फ्लाइट से मैं दिल्ली जा रही हूं।'

उसके बाद, धीरे-धीरे सबने विदा ली। वरुणा आंखों के इशारे में जोजो से जाने का विनती करती रही। अगले ही पल वह खाने की मेज़ से बर्तन वगैरह समेटने लगी।

'रहने दे, वरुणा, में यह सब निपटा लूंगी।'

गोह, अपनी मौसी-मौसा और बाबन को गुडनाइट कहकर, लगभग दौड़कर अपने कमरे में चला गया। उसने अन्दर से, अपने कमरे का दरवाज़ा भी बंद कर लिया। हां, अब वह खुद ही दरवाज़ा बंद कर लेता था।

मइयो ने बताया, 'गोह अब लम्बा होता जा रहा है।'

'गोह, दरवाज़ा मत बंद करो।'

'अब मैं सोना चाहता हूं, बप्पा!'

'दरवाज़ा खुला रखो, गोह!'

'नहीं, बप्पा, मैं ऑलराइट रहूंगा।'

मइयों ने कांपती हुई आवाज़ में पुकारा, 'गो—ह!'

'मैं सोने जा रहा हूं, मइयो।' गोह ने चिल्लाकर जवाब दिया।

बस! वे लोग चुप हो गए। वे दोनों क्या अभी फिर झगड़ा करेंगे? उनके झगड़ने से गोह बेहद असहाय हो आता है, मन ही मन दुःखी होता है, यह बात बप्पा जानते थे।

गोह कान लगाकर आहट लेता रहा। बाद में, वह धीरे-धीरे उठा और अपनी कुर्सी पर आ बैठा। मौसी टेबल पर उसके उपहार सजाकर रख गई थी।

गोह अब क्या करे? तितली की मां, बप्पा से कैसे डांट-डपट के लहजे में बातें कर रही थी! तुहिन'दा...! रंजा...! गोह के मां-बाप को यूं धमकाते हुए, नाम ले-लेकर कोई आवाज़ नहीं देता।

लेकिन गोह के मन में छिपे, एक और गोह ने कहा, 'तुम अब बड़े हो गए हो, गोह! अपने दोस्तों को बिल्कुल समझने नहीं दिया कि घर के बड़ों ने कितना भयंकर झगड़ा किया है! पियानो को भी तुमने 'हलो, अंकल' कहा।

पियानो नहीं, वह तो अंकल ही है। रिखिया के मामा हैं। शुभ्र के काका हैं। जो मामा भी नहीं हैं, काका भी नहीं है, उसे लोग अंकल' बुला ही सकते हैं। गोह ने जाने कब तो स्कूल में 'हलो एलिफैंट' देखा था। लेकिन उस फिल्म के मुक़ाबले 'कोन्डा' फिल्म कहीं बेहतर थी।

गोह ने कान खड़े करके, सुनने की कोशिश की। ना, वे दोनों बात ही नहीं कर रहे हैं, न ज़ोर से, न धीरे से! अगर वे लोग बातें करें, तो गोह किसके पास जाएगा? उसका कोई दोस्त क्यों नहीं है? बाबन तो उसका दोस्त हो ही नहीं सकता। सुना है, बाबन के पापा, मौसी को अंग्रेज़ी में, 'झाड़' पिलाते हैं और मौसी बाथरूम में जाकर रो लेती है।

आज मइयो भी बार-बार बाथरूम जा रही थी। वह क्या अन्दर जाकर रो लेती थी? तितली की मां बार-बार दिल्ली का नाम ले रही थी। दिल्ली में क्या हुआ था?

अपने सारे फोटो-पोस्टकार्ड, गोह रसोई-मौसी के बच्चों को दे देगा। अब गोह दिल्ली नहीं जाना चाहता। मइयो-बप्पा के साथ दिल्ली जाने की बात चल रही थी। बप्पा उसके दोस्त बन गए थे। बप्पा ने अपना वादा तोड़ दिया! बप्पा, वादा तोड़ना बहुत बड़ा पाप होता है! मैंने तुमसे कहा था।

बप्पा कितने गहरे दोस्त बन गए थे! जो बप्पा, कोलाघाट में सरस्वती-पूजा करते थे; जो बप्पा किसी पोखर में देवी-विसर्जन करते थे; जो बप्पा नदी के सीने पर नावों आना-जाना देखा करते थे, मछली पकड़ना देखते थे, उसी बप्पा को गोह ने काफ़ी अर्से

पहले, अपना दोस्त बना लिया था।

गोह धीरे से उठ खड़ा हुआ। अच्छा, पान्डा और कोयाला क्या दुबारा उसके दोस्त नहीं हो सकते? छोटे बच्चे गुड्डे-गुड़ियों को लिपटाकर सोते हैं। लेकिन गोह अब बड़ा हो चुका है।

गोह ने उठकर अपनी शर्ट-पैंट उतारी और रात का पायजामा-बनियान लेकर, बाथरूम में चला गया। उसने पेस्ट करके, अपना चेहरा धोया। पहले ऊपर से नीचे, नीचे से ऊपर की तरफ़ ब्रुश करना होता है। उसके बाद सामने और भीतर के हिस्सों में! अंत में ब्रुश को आगे-पीछे, इधर-उधर गोलाकार तरीके से ब्रश को घुमा-घुमाकर, दांत मांजना होता है। अंत में उंगली से मसूड़े घिसकर, कुल्ला करना ज़रूरी होता है।

दांत मांजने और हाथ-मुंह धोने के बाद, गोह ने तौलिए से मुंह पोंछा और पायजामा पहनते-पहनते, जैसे ही उसने सिर उठाया, वह एकदम से अचकचा गया।

बाथरूम की दीवारों की सीलन पर तरह-तरह की अनगिनत तस्वीरें उभरी हुईं! गोह ने देखा, माथे पर झूलते हुए झौव्वा भर बालों वाला, अट्ठारह वर्षीय नौजवान, उसकी तरफ़ घूरता हुआ!

हैरत है, गोह रोज़ ही बाथरूम में आता है, दीवारों पर तस्वीरें तलाश करता है। सिर्फ़ एक बार उसे किसी इन्सान का चेहरा नज़र आया था। वह सिर झुकाये कुछ देख रहा था। उसके बाद वह कभी नहीं दिखा। अब गोह बादलों में, दीवारों में तस्वीरे ढूंढ़ा करता था। बीच के दिनों में जब वह बप्पा से दोस्ती हो गई, इसलिए उसने तस्वीरों की तलाश छोड़ दी थी।

दीवार का वह नौजवान एकटक गोह की तरफ़ घूरता रहा, घूरता ही रहा।

गोह ने आंखों ही आंखों में सवाल किया, 'तुम?'

नौजवानों की आंखों ने जवाब दिया, 'तुम्हारा दोस्त!'

'तुम चले तो नहीं जाओगे?'

'ना—' आंखों ने दुबारा-जवाब दिया।

'प्रॉमिस?'

'प्रॉमिस।'

गोह की आंखों में झांकते हुए, नौजवान की निगाहों ने दुबारा आश्वस्त किया, 'मैं कहीं नहीं जाऊंगा।'

गोह हाथ बढ़ाकर, धीरे से उसके बाल छूते हुए, मन ही मन बुदबुदा उठा, 'दोस्त!'

नौजवान की निगाहों में हंसी झलक उठी, 'सदा-हमेशा!'

'अब मैं सोने जाऊं?'

'जाओ—'

गोह ने बाथरूम की बत्ती बुझा दी। बाहर निकलकर उसने नीली बत्ती जला दी। उसने हौले हाथों से मशहरी उठाई, अन्दर घुसकर, उसने मशहरी खोंस दी। रोज़ तो बप्पा ही 'गुडनाइट' जला देते थे; मशहरी टांगते हैं। आज यह सब किसने किया? कब किया?

बिस्तर पर लेटकर, गोह ने अपनी निगाहें खिड़की पर टिका दीं। बाहर रात उतर आई थी। गोह की आंखों में भी नींद उतर आई। 'दोस्त!'—यह शब्द बुदबुदाते हुए, गोह ने करवट बदली और गहरी नींद सो गया।

10

सर्वनाश के बाद की अगली सुबह, हर रोज़ की सुबह जैसी ही थी। तुहिन या रंजा, पिछली रात बिल्कुल नहीं सोए; आपस में बातचीत भी नहीं की। रंजा काफ़ी देर तक कमरा व्यवस्थित करती रही। कल कितने सारे कपड़े धोने होंगे। मेजपोश, पर्दे, बेडकवर! बहुत

दिनों से उसका वाशिंग मशीन ख़रीदने का मन था। लेकिन, इसके लिए उन लोगों का क़रीब तीन साल इन्तज़ार करने का प्लान था।

वैसे तुहिन और रंजा, अपने-अपने ढंग से ख़ासी कमाई कर रहे थे। रंजा का गांगेयी कोऑपरेटिव किसी भी ग़रीब या दीन-दुःखी महिलाओं को स्वनिर्भर बनाने का प्रतिष्ठान नहीं था। वे लोग बाक़ायदा ऑर्डर लेते थे, सिल्क-प्रिंट कराते थे, ग्राहक को सप्लाई करते थे और रुपइय्ये बटोरते थे। रंजा, चार हज़ार रुपए तो घर-ख़र्च के लिए देती थी।

आहना के लगाए हुए इल्ज़ाम के बारे में तुहिन ने कोई बात ही नहीं की। वह गोह के कमरे के सामने कुर्सी खींचकर बस, बैठा रहा। जब बेटे के कमरे की बत्ती बुझ गई, तब वह अपने कमरे में आकर बिस्तर पर लेट गया, जो रंजा को पसंद नहीं आया। कुछ नाराज-नाराज-सी, उसने मुंह धोया, दांत साफ़ किए, नाइटी पहनकर, लेट गई।

अगली सुबह कैसी शुरू होगी, रंजा अन्दाज़ा नहीं लगा पाई।

रंजा ने तुहिन से एक बार कुछ कहने की कोशिश की, तुहिन ने अख़बार पर आंख गड़ाए-गड़ाए ही उसे बरज दिया!

उसने धीमी आवाज़ में कहा, 'गोह को स्कूल जाने दो–'

गोह स्कूल की यूनिफ़ॉर्म पहनकर, अपना बस्ता लिए-दिए, वह बाहर निकल आया।

'रसोई-मौसी, खाना दो–'

'अभी देती हूं मैं, गोह–'

'ना! सुबह-सुबह मैं चिकेन नहीं खाऊंगा।'

चिकेन! तुहिन को लगा, गोह अब चिकिन, किचिन नहीं कहेगा। उस गोह का ही कोई एक टुकड़ा, जैसे कहीं खो गया।'

डबलरोटी, मक्खन, केला और दूध का नाश्ता करते हुए गोह ने कहा, 'आज मैं सैंडविच ही ले जाऊंगा, लेकिन कल से मेरे लिए

रोटी बनाना, प्लीज़!'

टिफिन-डिब्बा और पानी की बोतल लेकर, गोह ने कहा, 'बस के लिए तो सड़क भी पार करना नहीं होता, मैं खुद चला जाऊंगा।'

तुहिन बोल उठा, 'ना, गोह, बस में मैं चढ़ा आऊंगा। फुटपाथ चौड़ी नहीं है—'

कोई जवाब न देकर, गोह ने एक जुमला हवा में उछाल दिया, 'जा रहा हूं!'

वह नीचे उतर गया।

रसोई-मौसी ने कहा, 'मांस बचा हुआ है; दाल भी धरी है, और क्या पकाऊं, दीदी?'

'मछली नहीं है?' रंजा ने पूछा।

'क़रीब ढाई सौ ग्राम काटापीना मच्छी पड़ी है।'

'इस वक़्त के लिए तरकारी के साथ मछली का शोरबा पका लो! दाल और गोश्त रात के लिए रहने दो। इस वक़्त कोई तरकारी...कोई भी...'

'आप लोग कल सुबह क्या नाश्ता करेंगे?'

'डबलरोटी और मक्खन तो है ही—'

'हां, जाने कौन तो मिठाई लाया था। वह डिब्बा भी धरा है।'

'वरुणा लाई थी। गोह को यह मिठाई पसन्द है। लेकिन, आज वह टिफिन में काचागुल्ला मिठाई भी नहीं ले गया।'

गोह की रसोई-मौसी खामोश रही। वह अभी भी नहीं जान पाई कि रंजा किस बात से खुश होगी, किस बात से नाराज़! रंजा उसे 'दीदी' कहती थी। वह इस बात से क्षुब्ध थी। तुहिन...किसी ज़माने में राजनीतिक शिक्षा की वजह से, वह सबको 'आप' कहता था। इसीलिए वह कहता था—दीजिएगा, लीजिएगा, सुनिएगा। लेकिन वह इसमें भी नाखुश! मालिक के तौर पर भले हैं, लेकिन ये लोग अपना नहीं बना सकते। गोह की बात अलग है। गोह उसे बेहद प्रिय है।

'दीदी, उसे जो पसंद हो, उसकी टिफिन बना देना।'

'जैसा कहो–'

तब तक तुहिन भी लौट आया।

'भई, कल का गोश्त, खीर है, और क्या-क्या है?'

'दाल–'

'सुनिए, गोह रात को खा लेगा। चलिए, कटोरी लाइए... गोश्त भी निकाल लीजिए...'

बेहद अद्‌भुत परिस्थिति! रंजा नीरव दर्शक, लेकिन अब वह अन्दर ही अन्दर फुफकार उठी।

'लीजिए, गोह के लिए इतना-सा रख दिया, रात को खा लेगा। बाकी आप ले जाएं, गोह ने कल बार-बार हिदायत दी थी!

रसोई मौसी सारी परिस्थिति समझ गई। टेंशन का विद्युत-संकेत उसने पकड़ लिया।

उसने ईषत् हंसकर कहा, 'गोह 'मौसी' कहता है। वह दीदी 'दीदी' कहती है, सो दादा, मैंने तो आपको उस वक़्त भी कहा था कि मैं जब घर पहुंचूंगी, बेटा इस्कूल में होगा, बेटी कल ही अपनी बुआ के घर गई है! अब ये सब...'

'आप कहीं क़रीब ही तो काम करने जाएंगी? लौटते वक़्त यहां से खाना लेती जाइएगा। गोह ने बार-बार कहा है और लीजिए, ये रुपए रख लीजिए। बच्चों को मिठाई खिला दीजिएगा!'

'दादा...आप लोग...रात को?'

'क्यों! वही आलूदम और रोटी! आइसक्रीम और पपीता डालकर, फ्रूट-कस्टर्ड बना लो।'

रसोई-मौसी चली गई। भगवान! भगवान! गोह के चेहरे पर भी हंसी नहीं देखी। इन लोगों के बीच भी यह रस्साकशी कैसी? कल बच्चे का जन्मदिन गया...

तुहिन गोह के कमरे में चला गया। नहीं, उसके लिए गोह

कुछ छोड़कर नहीं गया। सर्फ़ अपनी किताबों और एलबम की कांचवाले शेल्फ में उसने अपने कोयाला और पान्डा को ठूंसकर रख छोड़ा था।

'गोह तुम्हारा दोस्त हो, तो...'

'एमाज़िंग! तुम लोग ऐसे निकले...हालांकि गो...'

तुहिन गोह के बिस्तर पर ढह गया।

'क्या बात है? तुम कोई बात ही नहीं कर रहे हो?'

तुहिन ने नज़रें ऊपर उठाईं। अहना जो बता रही थी, वह सब क्या झूठ है, रंजा?

कल...गोह के सामने...प्रॉमिस, बप्पा?—ना, गोह तेरा बप्पा अपनी प्रॉमिस नहीं रख पाया। तेरी मइयो, बप्पा, पियानो, सभी बड़े-बुजुर्गों ने तेरा बचपन छीन लिया। जानता हूं, तू बड़ा हो गया है। लेकिन, उम्र के हिसाब से, तूने तो अभी दस साल पूरे किए हैं। अभी भी कम से कम दस साल...

'तुमने क्या बात न करने का फ़ैसला किया है?'

'करूंगा! अभी कुछ देर गोह के कमरे में रह लूं! रसोई-दीदी खाना पकाकर चली जाएं—'

'यह तो मैं भी कर सकती थी—'

'हां, कर सकती थीं, मगर की नहीं—'

'इतने सारे टेंशन के बाद...'

'नहीं, अभी नहीं, बाद में बात करूंगा। दीदी को जाने दो। अभी तुम इस कमरे से जाओ। मुझे ज़रा अकेला छोड़ दो—'

रंजा कमरे से बाहर चली गई। रंजा! रंजा! तुम समझ नहीं पा रही हो कि मैंने क्या खो दिया। मैं बिल्कुल निःस्व हो गया, रंजा। मैंने गोह को खो दिया, उसका विश्वास तोड़ दिया। साथ ही तुम...'

गोह आज निरा अपरिचित लगा। पिछली शाम, वह जाने कहां तो बहा जा रहा था...किसी तरह वह किसी मज़बूत नाव में सवार हो गया है। अच्छा, बच्चे का व्यक्तित्व क्या रातोंरात बदल जाता है?

रसोई-मौसी के चले जाने के बाद, तुहिन अपने कमरे में दाख़िल हुआ।

रंजा मानो आत्मसमर्थन के लिए सख़्त हो उठी।

'पहले, मैं ही अपनी बात कहूं...'

'मुझे भी तो कुछ कहना है?'

'नहीं, नहीं, आहना जो कुछ बता गई, उस बारे में किसी तरह की बातचीत, फ़िलहाल आज नहीं होगी—'

तुहिन की आवाज़ बेहद धीमी और आत्मगत।

'तुम्हें और क्या कहना है?'

'वह तुम, मैं और अभि, एक साथ बैठेंगे, तब बात करेंगे। उसके बाद ही कोई फ़ैसला लिया जाएगा।'

'कैसा फ़ैसला?'

'वह तो हम मिलकर तय करेंगे। इस वक़्त जो बात तय करनी है, वह यह कि घर में किसी भी दिन, किसी भी वजह से चीख-चिल्लाहट हरगिज नहीं होगी। अभि हर शाम या रात यहां न आए, तो बेहतर। वैसे बीच-बीच में वह आ ही सकता है। वह तुम्हारा...हमारा...दोस्त है...लेकिन, गोह उसका आना पसंद नहीं करता।'

'अब गोह हमें 'जज' करेगा?'

'बिल्कुल भी नहीं! छिः छिः रंजा! तुम्हारा वह बेटा है, उसे तुम बिल्कुल भी नहीं समझतीं? सुनो, मैं और तुम एक दिन चीख-चीखकर बातें कर रहे थे, उसने फौरन कहा—तुम लोग झगड़ा कर रहे हो। एक दिन उसे 'गुडनाइट' नहीं का, इस वजह से उसने हमें लगभग ख़ारिज कर ही दिया।'

'हां, याद है...बेहद अभिमानी है वह!'

'अभि को वह पसंद नहीं करता, इसकी वजह है, हम बड़े लोग, हर वक़्त अपने में ही व्यस्त रहते हैं। वह मुझे भी चाहता है और तुम्हें भी! लेकिन उसे हम नहीं मिलते। इस घर में उसका सबसे क़रीबी इन्सान है, उसकी रसोई-मौसी! वे ही तो उसे वक़्त देती हैं। उनसे वह बेझिझक फमाईशें करता है, लाड़ लड़ाता है। हमसे वह न कोई फर्माइश करता है, न प्यार! इन बातों से तुम्हें कुछ समझ में आया?'

'कोशिश तो करती हूं। हां, मुमकिन है, काफ़ी व्यस्त रहती हूं, इसलिए...'

'मुझे तो कुछ समझ नहीं आया। मैं तो पूरी तरह तुम पर निर्भर करता था...सब कुछ तुम पर छोड़ दिया था। मुझे लगा था, गोह की जो ज़रूरत है...हम वह सब पूरी कर रहे हैं—'

'अब इससे ज़्यादा और क्या कर सकती थी?'

'मेरा भी यही ख़्याल था। तुम दिल्ली गईं...मुझे बेहद खुशी हुई कि तुम अपने काम में लगी हुई हो। उसी वक़्त मैंने गोह को पहचानना शुरू किया। यह बेहद...बेहद...महत्वपूर्ण और गंभीर मामला था। काफ़ी कोशिश-तदबीर के बाद, मुझे उसका मन मिला। वह बेहद अलग क़िस्म का बच्चा है, रंजा!'

'हां, जोजो बता रहा था...'

'जोजो क्या बताएगा? मैंने गौर किया, वह बच्चा हम पर निर्भर करना चाहता है, मगर हम उसे नहीं मिलते।'

'तुम बता सकते हो, किस मामले में हमने उसे नज़रअन्दाज़ किया है? कब उसकी उपेक्षा की है?'

'मैंने या तुमने उसे वक़्त नहीं दिया। रिखिया के मामा को ही लो! वह बिल्कुल अलग क़िस्म का नौजवान है। हम लोग जिन्हें जानते-पहचानते हैं, जिन लोगों की खातिर-तवाजो करते हैं, वह उस क़िस्म का शख़्स नहीं है। डॅक्रू फिल्मों में उसका काफ़ी नाम हुआ है। उस शख्स ने गोह

को फौरन पहचान लिया...तब जाकर मैं भी सतर्क हुआ...'

'हां, उसका तंबू मामा!'

'काफ़ी कोशिशों के बाद, मैं समझ पाया कि गोह को एक साथी की ज़रूरत है। वह जो तस्वीरें बनाता है, उसके पीछे उसके जो तर्क हैं, उस बारे में हम हसंते रहे, मगर रिखिया का मामा बिल्कुल नहीं हंसा। असल में गोह अपनी ओर ख़ूब सीरियस ध्यान चाहता है। कल्पनाशील...अन्तर्मुखी बच्चा है...। उम्र से बच्चा, मगर किसी-किसी मामले में बेहद परिपक्व! परिणत! आया समझ में?'

'वह आम बच्चों जैसा नहीं है, यह तो मैं जानती हूं'

'काफ़ी-काफ़ी कोशिशों के बाद...उसकी बगल में लेटे-लेटे.. .कितनी-कितनी गपशप करता रहा...तब जाकर उसका दोस्त हो पाया। मैंने वादा किया था कि हम भी चीख-चिल्लाकर, झगड़ा करते हुए, उसे अपमानित नहीं करेंगे। बड़ों के बारे में उसका ख़्याल है कि उन लोगों पर भरोसा नहीं किया जा सकता। मैंने उससे वादा किया था कि मैं उसका दोस्त ही बना रहूंगा।'

'अरे, तुम रो रहे हो?'

'कल जो कांड हुआ...तुमने उसकी आंखें नहीं देखीं...वह... उसने देखा, बप्पा भी मइयों को घुड़क रहा है—चुप करो! उसका विश्वास टूट गया, रंजा! मैंने जो वादा किया था, उसकी मर्यादा नहीं निभा पाया! इसलिए मुझे...पता नहीं, तुमने समझा या नहीं...'

'ऐसी अबूझ नहीं हूं...समझ रही हूं।'

'उसे सबसे बड़ा दुःख यह है कि उसका कोई संगी-साथी नहीं है—' तुहिन ईषत् हंसा, 'निःसंगता! मुमकिन है, मैं भी तुम्हारा दोस्त नहीं बन पाया...ख़ैर, छोड़ो यह बात!' तुहिन का लहजा पूरी तरह बदल गया, 'हम तीनों के बारे में, बाद में बात करेंगे।

फ़िलहाल, मैं तुमसे यह कहना चाहता हूं कि घर के अन्दर, हमें एक-दूसरे से यूं पेश आना है, ऐसा बर्ताव करना है, जिसे देखकर गोह यह समझ ले कि हमारा रिश्ता बिल्कुल सहज ही है।'

'यह क्या संभव है?'

'संभव न भी हो, तो भी...हम नाटक करेंगे। उसकी भलाई के लिए, ऐसा करना ही होगा। हम पर से अगर उसका विश्वास उठ गया, तो उसका नतीजा-महा-सर्वनाश हो सकता है।'

'हां, समझ रही हूं।'

'अभि आ सकता है। यह घर तुम्हारा ही है? लेकिन, पहले की तरह, ज़्यादा न आए। इस घर में ऐसा कुछ भी नहीं होगा, जिसकी क़ीमत, गोह को चुकानी पड़े। मेरा ख़्याल है...अभि और आहना भी आपस में कोई रिश्ता नहीं बना पाए। उन दोनों ने तितली के बारे में नहीं सोचा। ऐसे जाने कितने ही मां-बाप... कितनी ही सन्तान मौजूद हैं, हमें जानकारी नहीं है। ऑलराइट, रंजा...। मैं नहाकर, ज़रा सो लूं...'

'गोह...उस वक़्त सामने ही था...'

'कल उतना कुछ घट जाने के बाद, गोह ही समूची शाम को खींचकर...आगे बढ़ा ले गया। उस जैसा बच्चा, मैंने कहीं नहीं देखा। आज वरुणा को भी धन्यवाद दूंगा...'

स्कूल से लौटकर, मैगी खाते-खाते, गाह ने मेज़ की तरफ़ देखते हुए कहा, 'सुदेषणा आंटी ने अपने घर से...यह कागज़ भिजवाया है।'

'यह जगह तो हमारे घर के क़रीब नहीं है, गोह! ख़ासा दूर है—'

'रिखिया के घर के पास है।'

'रिखिया क्या वहीं पढ़ता है?'

'पढ़ता है, तस्वीरें आंकता है...अब थियेटर भी करेगा।'

'थियेटर?'

'अरे, वाह, वे ही तो बच्चों के थियेटर कराती हैं। पिछली बार, स्कूल में 'बन्धु भूतूम' नाटक किया था! 'ह-य-ब-र-ल भी कराया, तुम लोगों ने तो देखा है?'

'हां, देखा था! बहुत अच्छा था।'

'उन्होंने ही मुझे बुलाया है। अगर फौरन नाम न लिखाया, तो किसी को दाख़िला नहीं मिलेगा। इतने-इतने आवेदन जो आ रहे हैं।'

'लेकिन...हफ़्ते में तीन दिन? शुक्र-शनि-रवि?'

'रिखिया की मां ने कहा है, शुक्रवार को तो पांच से सात बजे तक है, मैं उनके घर जा सकता हूं। वहां से मैं और रिखिया, इकट्ठे वहां जा सकते हैं। शनि-रवि को सुबह दस बजे से दोपहर बारह बजे तक है। मैं बस पकड़कर, खुद ही जा सकता हूं।'

'तुम जाना चाहते हो?' तुहिन ने पूछा।

'हां, मेरा बेहद मन है—'

'लेकिन, गोह, तुम्हारी पढ़ाई...'

'वह मैं कर लूंगा। शुक्र को वे पढ़ाएंगी; शनि और रवि को तस्वीरें आंकूंगा, थियेटर करूंगा।'

'तुम्हारी पढ़ाई में बाधा पड़ेगी, गोह!'

'कौशिक तो कब से जा रहा है। वह भूगोल और अंग्रेजी में फर्स्ट नहीं आया? हमारे स्कूल के लड़के-लड़कियों को लेकर ही तो उनका 'आनन्दभुवन' बना है।'

'वे स्कूल में नहीं पढ़ाएंगी?'

'कैसे पढ़ाएंगी, आनन्द भाई, तो उन्हीं के बेटे थे। उन्हीं के नाम पर 'आनन्दभुवन' बना है।'

'शुक्रवार तुम्हें लाना होगा; शनि-रवि को पहुंचाना भी होगा और लाना भी होगा। शुक्रवार को तो मैं ले आऊंगा। शनिवार...नहीं

होगा। इतवार को...सम्भव है...!' तुहिन ने हिसाब लगाते हुए कहा।

'वहां बैठे रह सकते हो या नहीं भी बैठो—'

'आज भी...तेरा स्कूल अच्छा है।'

'सबसे अच्छा स्कूल है।'

'तुझे इतनी सारी ख़बर है?'

'स्कूल में सभी को हैंडबिल बांटा गया है...फाइव से लेकर सेवेन तक!' गोह ने अपनी बात जारी रखी, 'उस स्कूल में भर्ती हो गया, तो शनिवार को मुझे पहुंचा तो दोगे, मगर लाएगा कौन, बप्पा?'

'देखते हैं! शनिवार को मइयो चली जाएगी।'

'धत्त्! वह मीटिंग करेगी...काम करेगी...' गोह ने बेहद सहज भाव से कहा।

'देखती हूं! जिस दिन नहीं जा सकूंगी, उस दिन...रंजा आगे भी कुछ कहने जा रही थी।

लेकिन गोह ने छूटते ही उसका वाक्य पूरा कर दिया, 'उस दिन, न हो, नहीं जाऊंगा।'

तुहिन एकदम से चकरा गया। यह भी मानो कोई नया गोह था। वह उन दोनों को सहज होने का मौका दे रहा था, खुद कहीं काफ़ी गहरे...काफ़ी अन्दर...जा घुसा था। उसका चेहरा गौर से पढ़ने के बावजूद, वह किसी शर्त पर भी अपने मनोभाव समझने देने को राजी नहीं था। उन्हें वह अपने से बाहर-बाहर रखे हुए था। बप्पा ने वादा तोड़ा है। बप्पा और मइयो, दोनों को ही उसने एक ही दल में शामिल कर लिया था। तुहिन ने गोह को पहले कभी पहचाना था?

वरुणा आई! काफ़ी सकुचाई हुई! डरी-डरी-सी!

पिछले दिन घर लौट कर वह काफ़ी देर तक अकेले में, बेभाव

रोती रही। दीदी और तुहिन'दा की वजह से उसे कितना बल-भरोसा है। कहीं, उसकी जगह तो है!

और गोह? उस बच्चे के जन्मदिन पर ही...

लेकिन गोह ने उसे अवाक् कर दिया।

'मौसी, पता है, मैं 'आनन्दभुवन' में जा रहा हूं।'

'अच्छा, सुदेषणा' दी के 'आनन्दभुवन' में?'

'हां, शुक्रवार, शनिवार, इतवार!'

'सच्ची, दीदी?'

'गोह खुद ही जाना चाहता है।' रंजा ने बताया।

वरुणा समझ गई, गोह ने दीदी को बचा लिया। उस दिन वरुणा ने गोह से ही मदद मांगी थी। ऐसे वक़्त, वह सर्वनाशी बातचीत! बच्चे का विश्वभुवन ही जलकर ख़ाक हो गया। इसके बावजूद उसने सबके साथ ठीकठाक बर्ताव किया। क्या बच्चा है! जोजो ने तो उस दिन से कहना शुरू कर दिया था कि गोह बेहद दुर्लभ क़िस्म का बच्चा है। तुम्हारी दीदी तो एक इंजन है! तुहिन'दा एक गमूबाट है। वे दोनों उसे नहीं समझ सकते, तुम देख लेना। गोह का मानसिक स्तर भी बिल्कुल अलग है।

वरुणा उसे पिछले दिन के बारे में बता नहीं पाई कि उस शाम को क्या वारदात हुई थी। तुहिन'दा और दीदी पर किसी हाल भी निर्भर नहीं हुआ जा सकता था। गोह ही समझ गया। गोह अगर ज़रा और बड़ा होता...यानी चौदह या सोलह साल का होता, तो वह आहना की बातें भी समझ जाता और—दौड़कर सड़क की तरफ़ निकल जाता।...किसी ड्रग या हेन-तेन नशे में बिल्कुल बह जाता...कहीं गुमराह हो जाता...।

अच्छा, दीदी वगैरह को क्या इस बात का अहसास है कि पिछले दिन वे दोनों गोह को खो भी सकते थे?

वरुणा यह कैसे भूल पाती कि गोह ने उसकी उंगली दबाकर

समझा दिया—मौसी, डरो मत।

उस बच्चे ने शाम को अपने हाथों में ले लिया और उसे आराम से पार भी करा दिया।

'गोह ख़बर लाया?' तुहिन ने पूछा।

'देखो न, यह रहा कागज़! इसमें से एक तुम बाबन के लिए भी ले सकती हो। मैं दो-दो कागज़ लाया हूं। बाबन के भी तो कोई दोस्त नहीं है।'

तुहिन समझ गया, गोह अब अपने बारे में सारे फैसले खुद ही लेगा।

उसने ईषत् मुस्कराकर कहा, 'हां, वरुणा, गोह ने ठीक ही कहा।'

'मौसी, बाबन भी अगर जाना चाहे, तो...'

'तेरे मौसा से कह देखूं...बाबन से भी पूछूं...अगर वह जाना चाहे...'

'अभी तुम कहां जाओगी, मौसी?' गोह ने पूछा।

'तेरे ही पास तो आई हूं मैं'

'देखो, जब मैं बारह साल का हो जाऊंगा...तो काफ़ी बड़ा हो जाऊंगा न! तब मैं 'दीपायन' क्लब में फुटबॉल खेलने जाया करूंगा।'

'वहां कौन लोग खेलते हैं?' रंजा ने पूछा।

'बहुत-से लोग खेलते हैं। रसोई-मौसी के बच्चे खेलते हैं। सोलह-बी फ्लैट के सात्यिक 'दा सिखाते हैं। सभी खेलते हैं।'

तुहिन समझ रहा था, गोह उन लोगों को मौका दे रहा है। गोह निःसंगता के आगे हारेगा नहीं। उसने बप्पा-मइयो को भी समझा दिया—मैं तुम लोगों को मौका दे रहा हूं। तुहिन किस क़दर शून्यता...किस क़दर दुःख महसूस कर रहा था। गोह अब उसे कभी अपना दोस्त नहीं मानेगा; उस पर कभी भरोसा नहीं करेगा। अब वह क्या करे कि उसका विश्वास दुबारा पा ले?

'रंजा ने गोह को आश्वस्त किया, 'सब करना। यह तो बता,

तू बनेगा कया?'

'नोमैड! बन्जारा! घुमन्तू! तंबू मामा की तरह।'

'तुझे हुआ क्या है, जो तू घूमन्तू बनने चला है?'

'तंबू मामा की तरह, मैं भी...' गोह उठ खड़ा हुआ।

वरुणा बेतरह दुःखी हो आई। 'वरुणा, तुम कुछ नहीं जानती–' यह कहकर, बाबन के होने से पहले, जोजो ने वरुणा को ढेरों किताबें पढ़ाई थीं। यह बात सभी ने लिखी है–मां-बाप और शिशु का आपसी रिश्ता दोस्त जैसा होना चाहिए। थोड़ा सयाना होते ही, बच्चे अपना रोल-मॉडेल खोजते हैं। उन्हें रोल-मॉडेल अपने मां-बाप में ही मिलता है।

चूंकि मां-बाप में उसे वह रोल-मॉडल नहीं मिला, इसलिए उसने तंबू मामा को ही कसकर लपेट लिया, जिन्हें उसने बेहद कम देखा है।

वरुणा, गोह के कमरे में चली आई।

'ले, देख, हर बार याद करती हूं, मगर लाना भूल जाती हूं–'

उस भारी-भरकम बैग में से एक खूबसूरत डायरी निकाली–'मेरे कोन्डा को, तेरी मौसी'

'जब मन करे, जो चाहे लिखना–'

'तुमने तो 'कोन्डा' देखा नहीं?'

'असल में, तुमसे उसके बारे में इतना-इतना सुना है कि तुम ही मेरे 'कोन्डा' हो–'

'मौसी, फिर आना ज़रूर!'

'हां, आऊंगी!'

उस रात वह झौव्वाभर बालोंवाला नौजवान, गोह का इन्तज़ार कर रहा था। गौर से देखते-देखते ही, गोह ने अपनी आंखें मलीं–देखो, पहले नहीं देखा! दीवार की काई में उसे स्पष्ट नज़र आया–एक छोटा-सा बच्चा भी ज़मीन पर बैठा हुआ है। ज़ाहिर है,

उस बच्चे ने नज़रें उठाकर, गोह की तरफ़ देखा!

'बंधु! दोस्त!'

गोह उन दोनों पर निगाहें गड़ाए, उनकी आंखें पढ़ता रहा। नहीं, वे दोनों कभी और तरह नहीं होंगे! वे लोग कभी नहीं बदलेंगे। अब वह देखना सीख जाए, तो मुमकिन है उसे और भी दोस्त मिल जाएं! ढेरों दोस्त!

ना, तुहिन, रंजा और अभि...किसी भी ठिकाने पहुंच सके।

तुहिन ने जवाब--तलब किया, 'अभि, तुम्हें मैं अपना सबसे बड़ा दोस्त मानता था। तुम ही...?'

'तुहिन, एक्ट नॉर्मल! नॉर्मल ढंग से पेश आओ! ऐसा तो होता ही रहता है।'

'दूसरे समाज में! मेरे-तुम्हारे समाज में नहीं! हम सब ठहरे निम्नमध्यवित्त! क्यों रंजा?'

'मैं क्या कहूं?'

'मैं गोह का मुंह देखते हुए, गोह के लिए ही, स्वार्थी इन्सान की तरह ही कहूंगा, तुम दोनों अपना रिश्ता बाहर ही बाहर क़ायम रखो। मैं...कम से कम, अगले 8-10 साल, छुट्टाछुट्टी या तलाक़ के पक्ष में नहीं हूं। गोह को यही लगे कि इसमें कोई अन्तरंगता नहीं है, नॉर्मल ज़िन्दगी की महज एक आदत भर है।'

'तुम्हारा बेटा बिल्कुल और ही रंग-ढंग का है, तुहिन! उसे क्या समझ नहीं आएगा?'

'अगर वह समझ भी गया, तो उसे लगेगा कि उसके मां-बाप किसी समझौते के तहत चल रहे हैं।'

'लेकिन मैं आहना को छोड़कर चला आया हूं।'

'वह घर आहना का है। हमें सुविधा हैं। अदालत? विच्छेद? पुनर्विवाह? गोद की कस्टडी? ना, अभि! ना, रंजा!...वैसे तुम दोनों अपने-अपने फ़ैसले लेने को आज़ाद हो।'

'नहीं, मैं ऐसा कोई आख़िरी फ़ैसला...कोई आख़िरी बात तय नहीं कर गया कि तुहिन के साथ अब उसका विश्वास का रिश्ता नहीं क़ायम हो सकता। तुहिन ने उसका परम विश्वास किया था! अनन्त विश्वास!

यह मकान, यह गृहस्थी...काफ़ी कोशिश-तदबीर से तैयार की गई थी। तुहिन की उम्र चालीस, रंजा की अड़तीस! अब रंजा में उतना दम बाकी नहीं रहा।

वह हो सकता था–साहसी हो सकता है, लेकिन अभि खुद अपने को माफ़ नहीं कर पा रहा था। उसने क़बूल किया कि आहना के इल्ज़ाम और शिकायत आधारहीन नहीं हैं।

आख़िर तुहिन ने ही कहा, 'ठीक है! फ़िलहाल मैं ही फ़ैसला लेता हूं। अभी जैसा चल रहा है, वैसा ही चले। लेकिन...गोह के प्रति कोई अन्याय...कोई नाइन्साफ़ी नहीं चलेगी। गांगेयी–तुम दोनों की सृष्टि है, उस बारे में मुझे कुछ नहीं कहना। मेरा ख़्याल है, तुम दोनों की दोस्ती की वजह से, अगर वह टूट जाए, तो उचित नहीं होगा। चूंकि तुम दोनों में दोस्ती थी, इसीलिए यह संस्था इतनी बड़ी हो गई! मैं सच कह रहा हूं न?'

रंजा ईषत् हंस पड़ी, 'लो, हम जहां थे, वहीं दुबारा लौट आए–'

'मेरा तो सबकुछ लुट गया। फिर भी, मैं कोशिश करूंगा कि इस घर में हम ऐसा कुछ न करें, जिसकी वजह से गोह का दिल टूट जाए! अभि, मेरे लिए गोह, सबसे ऊपर...सबसे पहले है। हालांकि...'

अगला वाक्य, वह स्वगत बुदबुदा उठा, 'गोह हम पर से अपनी मानसिक निर्भरता मिटाने की कोशिश कर रहा है। मैंने तो उसका विश्वास ही तोड़ दिया।'

सारा कुछ जस का तस रह गया। जस का तस!

गोह अपने आप बड़ा होता रहा! उसके यार-दोस्तों की संख्या भी क्रमशः बढ़ती रही।

तुहिन और रंजा, जब एक ही बिस्तर पर, एक-दूसरे से मुंह फेरे, दो पहाड़ की तरह लेटे रहते थे, उस वक़्त गोह गहरी नींद में बेसुध रहता था।

सोने जाने से पहले गोह अपने दोस्तों से मिलता था। वही झौव्वाभर बालों वाला नौजवान, नज़रें उठाकर देखता हुआ बच्चा! उन दोनों के इर्द-गिर्द और-और अनगिनत चेहरों की रेखाओं के आभास क्या उभरे हुए नहीं थे? पूरी दीवार उसके असंख्य दोस्तों से भर उठे–

गोह यही तो चाहता है!

गोह का अपने बप्पा-मइयो के साथ कोई झगड़ा नहीं था। ये बड़े लोग भी कितने बुद्धू होते हैं! गोह को तकलीफ़ ही होती है!

वह अपने इन दोस्तों से ही बतियाता रहता–'ये बड़े लोग कितना कम हंसते हैं! कितना कम बोलते हैं! कितना कम हल्ला-गुल्ला करते हैं! आख़िर क्यों?'

गोह बिल्कुल और तरह से बड़ा होगा।

अपने दोस्तों से अपने दिल की बातें करने के बाद, गोह सो गया। इसके बाद, दीवार के दोस्त, अपने इर्द-गिर्द उभरे हुए अस्पष्ट-धुंधली रेखाओं को आवाज़ देकर बुलाने लगते थे–आओ, अब स्पष्ट हो उठा। गोह को ढेर-ढेर दोस्त चाहिए।

गोह अपनी नींद में, उस नन्हें शिशु की तस्वीर आंकता रहता था; उसे एक नाम भी देता था। अब गोह के पास ढेरों काम थे! अनन्त! असंख्य काम!

□□□